北平的风景

老舍 著

中国青年出版社

全国百佳出版单位

图书在版编目（CIP）数据

北平的风景 / 老舍著 . -- 北京 : 中国青年出版社，

2025. 5. -- ISBN 978-7-5153-7712-4

Ⅰ . I266

中国国家版本馆 CIP 数据核字第 20252S8V79 号

北平的风景

老舍　著

责任编辑：曾玉立

出版发行：中国青年出版社

社　　址：北京市东城区东四十二条 21 号

网　　址：www.cyp.com.cn

编辑中心：010-57350401

营销中心：010-57350370

经　　销：新华书店

印　　刷：三河市君旺印务有限公司

规　　格：650mm×910mm　　1/16

印　　张：13

字　　数：150 千字

版　　次：2025 年 5 月北京第 1 版

印　　次：2025 年 5 月河北第 1 次印刷

定　　价：55.00 元

如有印装质量问题，请凭购书发票与质检部联系调换

联系电话：010-57350337

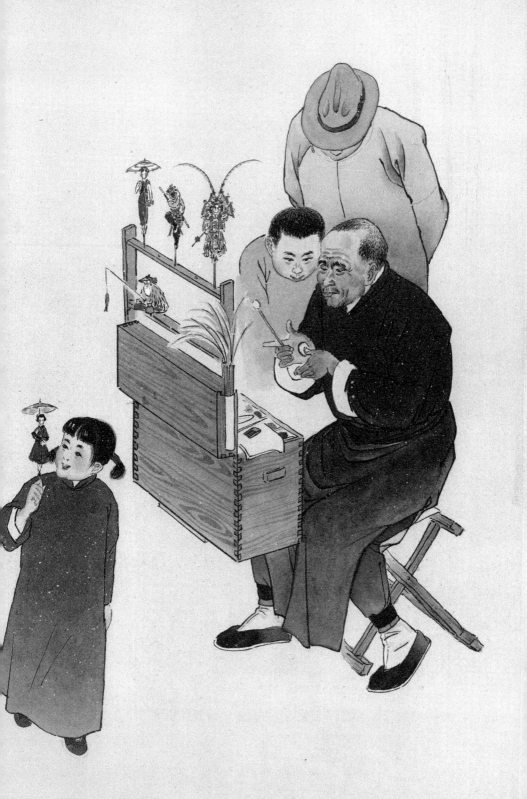

目　录

卖花儿的

春秋两季花农

桃担串巷叫卖

草本者有蝴蝶

花石竹艾康凤

仙花俗名指甲

艹可以花瓣染

指甲　宿根者

有夜来香江西

蜡木本者有桂

花茉莉千叶石

榴等秋来有专

卖各色菊花者

其必唤栽花来

栽花栽某花来

唷其声嘹亮

悠扬可听

又菊花京中读

作酒花　季彦识

卖花儿的

　　春秋两季，京郊的花农挑担进城，串巷叫卖。其中一年生草本的有蝴蝶花、石竹、艾康，凤仙花（俗名指甲草，可将花瓣捣烂染指甲），宿根的有夜来香、江西腊，木本的有桂花、茉莉、千叶石榴等。上秋还有专卖菊花的，贩者吆唤为"栽花来栽花——栽某花某花来哟。"声音嘹亮，悠扬可听。

　　菊花，老北京人读音如酒花。

想北平

设若让我写一本小说，以北平作背景，我不至于害怕，因为我可以捡着我知道的写，而躲开我所不知道的。让我单摆浮搁的讲一套北平，我没办法。北平的地方那么大，事情那么多，我知道的真觉太少了，虽然我生在那里，一直到廿七岁才离开。以名胜说，我没到过陶然亭，这多可笑！以此类推，我所知道的那点只是"我的北平"，而我的北平大概等于牛的一毛。

可是，我真爱北平。这个爱几乎是要说而说不出的。我爱我的母亲。怎样爱？我说不出。在我想作一件讨她老人家喜欢的时候，我独自微微的笑着；在我想到她的健康而不放心的时候，我欲落泪。言语是不够表现我的心情的，只有独自微笑或落泪才足以把内心揭露在外面一些来。我之爱北平也近乎这个。夸奖这个古城的某一点是容易的，可是那就把北平看得太小了。我所爱的北平不是枝枝节节的一些什么，而是整个儿与我的心灵相黏合的一段历史，一大块地方，多少风景名胜，从雨后什刹海的蜻蜓一直到我梦里的玉泉山的塔影，都积凑到一块，每一小的事件中有个我，我的每一思念中有个北平，这只有说不出而已。

真愿成为诗人，把一切好听好看的字都浸在自己的心血里，像杜鹃似的啼出北平的俊伟。啊！我不是诗人！我将永远道不出我的爱，一种像由音乐与图画所引起的爱。这不但是辜负了北平，也对不住我自己，因为我的最初的知识与印象都得自北平，它是在我的血里，我的性格与脾气里有许多地方是这古城所赐给的。我不能爱上海与天津，因为我心中有个北平。可是我说不出来！

伦敦，巴黎，罗马与堪司坦丁堡，曾被称为欧洲的四大"历史的都城"。我知道一些伦敦的情形；巴黎与罗马只是到过而已；堪司坦丁堡根本没有去过。就伦敦，巴黎，罗马来说，巴黎更近似北平——虽然"近似"两字要拉扯得很远——不过，假使让我"家住巴黎"，我一定会和没有家一样的感到寂苦。巴黎，据我看，还太热闹。自然，那里也有空旷静寂的地方，可是又未免太旷；不像北平那样既复杂又有个边际，使我能摸着——那长着红酸枣的老城墙！面向着积水滩，背后是城墙，坐在石上看水中的小蝌蚪或苇叶上的嫩蜻蜓，我可以快乐的坐一天，心中完全安适，无所求也无可怕，像小儿安睡在摇篮里。是的，北平也有热闹的地方，但是它和太极拳相似，动中有静。巴黎有许多地方使人疲乏，所以咖啡与酒是必要的，以便刺激；在北平，有温和的香片茶就够了。

论说巴黎的布置已比伦敦罗马匀调的多了，可是比上北平还差点事儿。北平在人为之中显出自然，几乎是什么地方既不挤得慌，又不太僻静：最小的胡同里的房子也有院子与树；最空旷的地方也离买卖街与住宅区不远。这种分配法可以算——在我的经验中——天下第一了。北平的好处不在处处设备得完全，而在它处处有空儿，可以使人自由地喘气；不在有好些美丽的建筑，而在建筑的四围都有空闲的地方，使它们成为美景。每一个城楼，每一个牌楼，都可以从老远就看见。况

賣香果的

八月初新果
上市有香果
者俗名虎拉
車其色青紅
比另有榼子
者其色殷紅
脆甜而帶酸
味此二者亦
祭月之果品
也
乙亥立冬日
侯長春畫此

卖香果的

　　八月初新水果成熟，京城北山的果驮（"读为刹"）子源源进城，有一种叫香果的，俗名虎拉车，色味俱佳；另有一种叫槟子，深红颜色，脆甜而略带酸味：这两种也是供月亮的果品。这类货担用棕绳系筐，扁担弯弯上翘很有特色。吆唤为"香果来耶，闻香里来耶"。

且在街上还可以看见北山与西山呢！

好学的，爱古物的，人们自然喜欢北平，因为这里书多古物多。我不好学，也没钱买古物。对于物质上，我却喜爱北平的花多菜多果子多。花草是种费钱的玩艺，可是此地的"草花儿"很便宜，而且家家有院子，可以花不多的钱而种一院子花，即使算不了什么，可是到底可爱呀。墙上的牵牛，墙根的靠山竹与草茉莉，是多么省钱省事而也足以招来蝴蝶呀！至于青菜，白菜，扁豆，毛豆角，黄瓜，菠菜等等，大多数是直接由城外担来而送到家门口的。雨后，韭菜叶上还往往带着雨时溅起的泥点。青菜摊上的红红绿绿几乎有诗似的美丽。果子有不少是由西山与北山来的，西山的沙果，海棠，北山的黑枣，柿子，进了城还带着一层白霜儿呀！哼，美国的橘子包着纸；遇到北平的带霜儿的玉李，还不愧杀！

是的，北平是个都城，而能有好多自己产生的花，菜，水果，这就使人更接近了自然。从它里面说，它没有像伦敦的那些成天冒烟的工厂；从外面说，它紧连着园林，菜圃与农村。采菊东篱下，在这里，确是可以悠然见南山的；大概把"南"字变个"西"或"北"，也没有多少了不得的吧。像我这样一个贫寒的人，或者只有在北平能享受一点清福了。

好，不再说了吧；要落泪了，真想念北平呀！

一些印象（四、五、六、七）

四

济南的秋天是诗境的。设若你的幻想中有个中古的老城，有睡着了的大城楼，有狭窄的古石路，有宽厚的石城墙，环城流着一道清溪，倒映着山影，岸上蹲着红袍绿裤的小妞儿。你的幻想中要是这么个境界，那便是个济南。设若你幻想不出——许多人是不会幻想的——请到济南来看看吧。

请你在秋天来。那城，那河，那古路，那山影，是终年给你预备着的。可是，加上济南的秋色，济南由古朴的画境转入静美的诗境中了。这个诗意秋光秋色是济南独有的。上帝把夏天的艺术赐给瑞士，把春天的赐给西湖，秋和冬的全赐给了济南。秋和冬是不好分开的，秋睡熟了一点便是冬，上帝不愿意把它忽然唤醒，所以作个整人情，连秋带冬全给了济南。

诗的境界中必须有山有水。那末，请看济南吧。那颜色不同，方向不同，高矮不同的山，在秋色中便越发的不同了。以颜色说吧，山腰中的松树是青黑的，加上秋阳的斜射，那片青黑便多出些比灰色深，比黑色浅的颜色，把旁边的黄草盖成一层灰中透黄的阴影。山脚是镶着各色条子的，一层层的，有的黄，有的灰，有的绿，有的似乎是藕荷色儿。山顶上的色儿也随着太阳的转移而不同。山顶的颜色不同还不重要,山腰中的颜色不同才真叫人想作几句诗。山腰中的颜色是永远在那儿变动,特别是在秋天,那阳光能够忽然清凉一会儿,忽然又温暖一会儿,这个变动并不激烈,可是山上的颜色觉得出这个变化,而立刻随着变换。忽然黄色更真了一些,忽然又暗了一些,忽然像有层看不见的薄雾在那儿流动,忽然像有股细风替"自然"调合着彩色,轻轻的抹上一层各色俱全而全是淡美的色道儿。有这样的山,再配上那蓝的天,晴暖的阳光;蓝得像要由蓝变绿了,可又没完全绿了;晴暖得要发燥了,可是有点凉风,正像诗一样的温柔;这便是济南的秋。况且因为颜色的不同,那山的高低也更显然了。高的更高了些,低的更低了些,山的棱角曲线在晴空中更真了,更分明了,更瘦硬了。看山顶上那个塔!

再者水。以量说,以质说,以形式说,哪儿的水能比济南?有泉——到处是泉——有河,有湖,这是由形式上分。不管是泉是河是湖,全是那么清,全是那么甜,哎呀,济南是"自然"的Sweet heart 吧?大明湖夏日的莲花,城河的绿柳,自然是美好的了。可是看水,是要看秋水的。济南有秋山又有秋水,这个秋才算个秋,因为秋神是在济南住家的。先不用说别的,只说水中的绿藻吧。那份儿绿色,除了上帝心中的绿色,恐怕没有别的东西能比拟的。这种鲜绿全借着水的清澄显露出来,好像美人借着镜子鉴赏自己的美。是的,这些绿藻是自己享受那水的甜美呢,不是为谁看的。它们知道它们那点绿的心事,它们终年在那儿吻着水皮,做着绿色的香梦。淘气的鸭子,用黄金的脚掌碰它们一两下。浣女的手儿,吻它们的绿叶一两下。只有这个,是它们的香甜的烦恼。羡慕死诗人呀!

在秋天,水和蓝天一样的清凉。天上微微有些白云,水上微微有些波皱。天水之间，全是清明，温暖的空气，带着一点桂花的香味。山影儿也更真了，秋山秋水虚幻的吻着。山儿不动，水儿微响。那中古的老城，带着这片秋色秋声，是济南，是诗。

要知济南的冬日如何，且听下回分解。

五

上次说了济南的秋天，这回该说冬天。

对于一个在北平住惯的人，像我，冬天要是不刮大风，便是奇迹；济南的冬天是没有风声的。对于一个刚由伦敦回来的，像我，冬天要能看得见日光，便是怪事；济南的冬天是响晴的。自然，在热带的地方，日光是永远那么毒，响亮的天气反有点叫人害怕。可是，在北中国的冬天，而能有温晴的天气，济南真得算个宝地。

设若单单是有阳光，那也算不了出奇。请闭上眼想：一个老城，有山有水，全在蓝天下很暖和安适的睡着；只等春风来把他们唤醒，这是不是个理想的境界？

小山整把济南围了个圈儿，只有北边缺着点口儿，这一圈小山在冬天特别可爱，好像是把济南放在一个小摇篮里，它们全安静不动的低声的说：你们放心吧，这儿准保暖和。真的，济南的人们在冬天是面上含笑的。他们一看那些小山，心中便觉得有了着落，有了依靠。他们由天上看到山上，便不觉的想起：明天也许就是春天了吧？这样的温暖，今天夜里山草也许就绿起来吧？就是这点幻想不能一时实现，他们也并不着急，因为有这样慈善的冬天，干啥还希望别的呢。

最妙的是下点小雪呀。看吧，山上的矮松越发的青黑，树尖上顶着一髻儿白花,像些小日本看护妇。山尖全白了,给蓝天镶上一道银边。山坡上有的地方雪厚点,有的地方草色还露着,这样,一道儿白,一道儿暗黄,给山们穿上一件带水纹的花衣;看着看着,这件花衣好像被风儿吹动,叫你希望看见一点更美的山的肌肤。等到快日落的时候,微黄的阳光斜射在山腰上,那点薄雪好像忽然害了羞,微微露出点粉色。就是下小雪吧,济南是受不住大雪的,那些小山太秀气。

古老的济南,城内那么狭窄,城外又那么宽敞,山坡上卧着些小村庄,小村庄的房顶上卧着点雪,对,这是张小水墨画,或者是唐代的名手画的吧。

那水呢,不但不结冰,反倒在绿藻上冒着点热气。水藻真绿,把终年贮蓄的绿色全拿出来了。天儿越晴,水藻越绿,就凭这些绿的精神,水也不忍得冻上;况且那长枝的垂柳还要在水里照个影儿呢。看吧,由澄清的河水慢慢往上看吧,空中,半空中,天上,自上而下全是那么清亮,那么蓝汪汪的,整个的是块空灵的蓝水晶。这块水晶里,包着红屋顶,黄草山,像地毯上的小团花的小灰色树影;这就是冬天的济南。

树虽然没有叶儿,鸟儿可并不偷懒,看在日光下张着翅叫的百灵们。山东人是百灵鸟的崇拜者,济南是百灵的国。家家处处听得到它们的歌唱;自然,小黄鸟儿也不少,而且在百灵国内也很努力的唱。还有山喜鹊呢,成群的在树上啼,扯着浅蓝的尾巴飞。树上虽没有叶,有这些羽翎装饰着,也倒有点像西洋美女。坐在河岸上,看着它们在空中飞,听着溪水活活的流,要睡了,这是有催眠力的;不信你就试试;睡吧,决冻不着你。

要知后事如何,我自己也不知道。

六

到了齐大，暑假还未曾完。除了太阳要落的时候，校园里不见一个人影。那几条白石凳，上面有枫树给张着伞，便成了我的临时书房。手里拿着本书，并不见得念；念地上的树影，比读书还有趣。我看着：细碎的绿影，夹着些小黄圈，不定都是圆的，叶儿稀的地方，光也有时候透出七棱八角的一小块。小黑驴似的蚂蚁，单喜欢在这些光圈上慌手忙脚的来往过。那边的白石凳上，也印着细碎的绿影，还落着个小蓝蝴蝶，抿着翅儿，好像要睡。一点风儿，把绿影儿吹醉，散乱起来；小蓝蝶醒了懒懒的飞，似乎是作着梦飞呢；飞了不远，落下了，抱住黄蜀菊的蕊儿。看着，老大半天，小蝶儿又飞了，来了个楞头磕脑的马蜂。

真静。往南看，千佛山懒懒的倚着一些白云，一声不出。往北看，围子墙根有时过一两个小驴，微微有点铃声。往东西看，只看见楼墙上的爬山虎。叶儿微动，像竖起的两面绿浪。往下看，四下都是绿草。往上看，看见几个红的楼尖。全不动。绿的，红的，上上下下的，像一张画，颜色固定，可是越看越好看。只有办公处的大钟的针儿，偷偷的移动，好似唯恐怕叫光阴知道似的，那么偷偷的动，从树隙里偶尔看见一个小女孩，花衣裳特别花哨，突然把这一片静的景物全刺激了一下；花儿也更红，叶儿也更绿了似的；好像她的花衣裳要带这一群颜色跳舞起来。小女孩看不见了，又安静起来。槐树上轻轻落下个豆瓣绿的小虫，在空中悬着，其余的全不动了。

园中就是缺少一点水呀！连小麻雀也似乎很关心这个，时常用小眼睛往四下找；假如园中，就是有一道小溪吧，那要多么出色。溪里再有些各色的鱼,有些荷花!那怕是有个喷水池呢,水声,和着枫叶的轻响,在石台上睡一刻钟,要作出什么有声有色有香味的梦!花木够了,只缺一点水。

短松墙觉得有点死板,好在发着一些松香;若是上面绕着些密罗松,开着些血红的小花,也许能减少一些死板气儿。园外的几行洋槐很体面,似乎缺少一些小白石凳。可是继而一想,没有石凳也好,校园的全景,就妙在只有花木,没有多少人工做的点缀,砖砌的花池咧,绿竹篱咧,全没有;这样,没有人的时候,才真像没有人,连一点人工经营的痕迹也看不出;换句话说,这才不俗气。

啊,又快到夏天了!把去年的光景又想起来;也许是盼望快放暑假吧。快放暑假吧!把这个整个的校园,还交给蜂蝶与我吧!大自私了,谁说不是!可是我能念着树影,给诸位作首不十分好,也还说得过去的诗呢。

学校南边那块瓜地,想起来叫人口中出甜水;但是懒得动;在石凳上等着吧,等太阳落了,再去买几个瓜吧。自然,这还是去年的话;今年那块地还种瓜吗?管他种瓜还是种豆呢,反正白石凳还在那里,爬山虎也又绿起来;只等玫瑰开呀!玫瑰开,吃棕子,下雨,晴天,枫树底下,白石凳上,小蓝蝴蝶,绿槐树虫,哈,梦!再温习温习那个梦吧。

七

有诗为证,对,印象是要有诗为证的;不然,那印象必是多少带点土气的。我想写"春夜",多么美的题目!想起这个题目,我自然的想作诗了。可是,不是个诗人,怎办呢;这似乎要"抓

指甲草染指甲

鳳仙花五六月開盛其色有紅白粉紅三種色殷紅者采花瓣搗爛堆扵指甲上诗乾後其色不褪女兒輩閒時省喜玩之

指甲草正名

丁丑上元写
并記俟長春

指甲草染指甲

　　指甲草又名凤仙花，有红、白、粉红三种。把红色指甲草花瓣采下来放在酒盅里，加一点明矾，然后捣烂，用骨针挑起堆在指甲上，小心呵护不使碰掉，待干后指甲便染红，不怕水洗。早年间，没有新的化妆品，指甲草则是最好的天然化妆品，小姑娘们最喜欢做这个玩艺儿。

瞎"——用个毫无诗味的词儿。新诗吧？太难；脑中虽有几堆"呀，噢，唉，喽"和那俊美的"；"，和那珠泪滚滚的"！"但是，没有别的玩艺，怎能把这些宝贝缀上去呢？此路不通！旧诗？又太死板，而且至少有十几年没动那些七庚八葱的东西了；不免出丑。

到底硬联成一首七律，一首不及六十分的七律；心中已高兴非常，有胜于无，好歹不论，正合我的基本哲学。好，再作七首，共合八首；即便没一首"通"的吧，"量"也足惊人不是？中国地大物博，一人能写八首春夜，呀！

唉！湿膝病又犯了，两膝僵肿，精神不振，终日茫然，饭且不思，何暇作诗，只有大喊拉倒，予无能为矣！只凑了三首，再也凑不出。

想另作一篇散文吧，又到了交稿子的时候；况且精神不好，其影响于诗与散文一也；散了吧，好歹的那三首送进去，爱要不要；我就是这个主意！反正无论怎说，我是有诗为证：

（一）

多少春光轻易去？无言花鸟夜如秋。
东风似梦微添醉，小月知心只照愁！
柳样诗思情入影，火般桃色艳成羞。
谁家玉笛三更后？山倚疏星人倚楼。

（二）

一片闲情诗境里，柳风淡淡柝声凉。

山腰月少青松黑，篱畔光多玉李黄。

心静渐知春似海，花深每觉影生香。

何时买得田千顷，遍种梧桐与海棠！

（三）

且莫贪眠减却狂，春宵月色不平常！

碧桃几树开蝴蝶，紫燕联肩梦海棠。

花比诗多怜夜短，柳如人瘦为情长。

年来潦倒漂萍似，惯与东风道暖凉。

得看这三大首！五十年之后，准保有许多人给作注解——好诗是不需注解的。我的评注者，一定说我是资本家，或是穷而倾向资本主义者，因为在第二首里，有"何时买得田千顷"之语。好，我先自己作点注吧：我的意思是买山地呀，不是买一千顷良田，全种上花木，而叫农民饿死，不是。比如千佛山两旁的秃山，要全种上海棠，那要多么美，这才是我的梦想。这不怨我说话不清，是律诗自身的别扭；一句非七个字不可，我怎能忽然来句八个九个字的呢？

得了，从此再不受这个罪；《一些印象》也不再续。暑假中好好休息，把腿养好，能加入将来远东运动会的五百哩竞走，得个第一，那才算英雄好汉；诌几句不准多于七个字一句的诗，算得什么！

趵突泉的欣赏

千佛山、大明湖和趵突泉，是济南的三大名胜。现在单讲趵突泉。

在西门外的桥上，便看见一溪活水，清浅，鲜洁，由南向北的流着。这就是由趵突泉流出来的。设若没有这泉，济南定会丢失了一半的美。但是泉的所在地并不是我们理想中的一个美景。这又是个中国人的征服自然的办法，那就是说，凡是自然的恩赐交到中国人手里就会把它弄得丑陋不堪。这块地方已经成了个市场。南门外是一片喊声，几阵臭气，从卖大碗面条与肉包干的棚子里出来，进了门有个小院，差不多是四方的。这里，"一毛钱四块！"和"两毛钱一双！"的喊声，与外面的"吃来"联成一片。一座假山，奇丑；穿过山洞，接联不断的棚子与地摊，东洋布，东洋磁，东洋玩具，东洋……加劲的表示着中国人怎样热烈的"不"抵制劣货。这里很不易走过去，乡下人一群跟着一群的来，把路塞住。他们没有例外的全买一件东西还三次价，走开又回来摸索四五次。小脚妇女更了不得，你往左躲，她往左扭；你往右躲，她往右扭，反正不许你痛快的过去。

到了池边，北岸上一座神殿，南西东三面全是唱鼓书的茶棚，唱的多半是梨花大鼓，一声"哟"要拉长几分钟，猛听颇像产科医院的病室。除了茶棚还是日货摊子，说点别的吧！

賣小金魚興賣蛤蟆
骨朵大田螺絲的

春三四月間街上即
有賣小金魚者擔兩
大帶槂圓木槽內盛
各色金魚另有蕉賣
河蚌田螺及蝌蚪者
乃體小而黑之田雞
幼體也買至家中換
以清水小孩飲服可
清火解熱余幼時嘗
嘗眼之販者吆喚為
大小唉小金魚兒來
喲　　　　　子申立夏日
僕長春畫於燕門

卖小金鱼儿的

春天三四月间，胡同里就有卖小金鱼儿的，吆唤为"大小一一喂小金鱼儿来哟
一一"，贩者挑两个带提梁的圆形木槽，内放大小金鱼儿、龙睛鱼，一头放小一些的鱼苗
或玻璃鱼缸，一头有带卖蛤蟆骨朵、大田螺丝的，唤为"蛤蟆骨朵大田螺丝来哟"。这种
蛤蟆骨朵是体小而色黑的田鸡的幼体，买到家中，换上清水，小孩喝了清热去火，小时候
大人叫喝又不敢不喝，只得一闭眼，咽了下去。

泉大好了。泉池差不多见方,三个泉口偏西,北边便是条小溪流向西门去。看那三个大泉,一年四季,昼夜不停,老那么翻滚。你立定呆呆的看三分钟,你便觉出自然的伟大,使你不敢再正眼去看,永远那么纯洁,永远那么活泼,永远那么鲜明,冒,冒,冒,永不疲乏,永不退缩,只是自然有这样的力量!冬天更好,泉上起了一片热气,白而轻软,在深绿的长的水藻上飘荡着,使你不由的想起一种似乎神秘的境界。

池边还有小泉呢:有的像大鱼吐水,极轻快的上来一串小泡;有的像一串明珠,走到中途又歪下去,真像一串珍珠在水里斜放着;有的半天才上来一个泡,大,扁一点,慢慢的,有姿态的,摇动上来;碎了;看,又来了一个! 有的好几串小碎珠一齐挤上来,像一朵攒整齐的珠花,雪白。有的……这比那大泉还更有味。

新近为增加河水的水量, 又下了六根铁管, 做成六个泉眼,水流得也很旺,但是我还是爱那原来的三个。

看完了泉,再往北走,经过一些货摊,便出了北门。

前年冬天一把大火把泉池南边的棚子都烧了。有机会改造了! 造成一个公园,各处安着喷水管! 东边作个游泳池! 有许多人这样的盼望。可是,席棚又搭好了,渐次改成了木板棚;乡下人只知道趵突泉,把摊子移到"商场"去(就离趵突泉几步)买卖就受损失了;于是"商场"四大皆空,还叫趵突泉作日货销售场;也许有道理。

大明湖之春

北方的春本来就不长，还往往被狂风七手八脚的刮了走。济南的桃南丁香与海棠什么的，差不多年年被黄风吹得一干二净，地暗天昏，落花与黄沙卷在一处，再睁眼时，春已过去了！记得有一回，正是丁香乍开的时候，也就是下午两三点钟吧，屋中就非点灯不可了；风是一阵比一阵大，天色由灰而黄，而深黄，而黑黄，而漆黑，黑得可怕。第二天去院看院中的两株紫丁香，花已像煮过一回，嫩叶几乎全破了！济南的秋冬，风倒很少，大概都留在春天刮呢。

有这样的风在这儿等着，济南简直可以说没有春天；那么，大明湖之春更无从说起。

济南的三大名胜，名字都起得好：千佛山，趵突泉，大明湖，都那么响亮好听！一听到"大明湖"这三个字，便联想到春光明媚和湖光山色等等，而心中浮现出一幅美景来，事实上，可是，它既不大，又不明，也不湖。

湖中现在已不是一片清水，而是用坝划开的多少块"地"。"地"外留着几条沟，游艇沿沟而行，即是逛湖。水田不需要多么深的水，所以水黑而不清；也不要急流，所以水定而无波。东一块莲；西一块蒲，土坝挡住了水，蒲苇又遮住了莲，一望无景，只见高高低低的"庄稼"。艇行沟内，如穿高粱地然，热气腾腾，碰巧了还臭气哄哄。夏天总算还好。假若水不太臭，多少总能闻到一些荷香，而且必能看到些绿叶儿。春天，则下有黑汤，旁有破烂的土坝；风又那么野，绿柳新蒲东倒西歪，恰似挣命。所以，它既不大，又不明，也不湖。

话虽如此，这个湖到底得算个名胜。湖之不大与不明，都因为湖已不湖。假若能把"地"都收回，拆开土坝，挖深了湖身，它当然可以马上既大且明起来：湖面原本不小，而济南又有的是清深的泉水呀。这个，也许一时作不到。不过，即使作不到这一步，就现状而言，它还应当算作名胜。北方的城市，要找有这么一片水的，真是好不容易了。千佛山满可以不算数儿，配作个名胜与否简直没多大关系，因为山在北方不是什么难找的东西呀。水，太难找了。济南城内据说有七十二泉，城外有河，可是还非有湖不可。泉，池，河，湖，四者俱备。这才显出济南的特色可贵。它是北方唯一的"水城"，这个湖是少不得的。设若我们游湖时，只见沟而不见湖，请到高处去看看吧，比如在千佛山上往北眺望，则见城北灰绿的一片——大明湖；城外，华鹊二山夹着湾湾的一道灰亮光儿——黄河。这才明白了济南的不凡，不但有水，而且是这样多呀。

况且，湖景若无可观，湖中的出产可是很名贵呀。懂得什么叫作美的人或者不如懂得什么好吃的人多吧，游过苏州的往往只记得此地的点心，逛过西湖的提起来便念道那里的龙井茶，藕粉与莼菜什么的。吃到肚子里的也许比一过眼的美景更容易记住，那么大明湖的蒲菜，茭白，白花藕，还真许是它驰名天下的重要原因呢。不论怎么说吧，这些东西既都是水产，多少总带着些南国风味；在夏天，青菜挑子上带着一束束的大白莲花菁葵出卖，在北方大概只有济南能这么"阔气"。

　　我写过一本小说——《大明湖》——在"一·二八"与商务印书馆一同被火烧掉了。记得我描写过一段大明湖的秋景，词句全想不起来了，只记得是什么什么秋。桑子中先生给我画过一张油画，也画得是大明湖之秋，现在还在我的屋中挂着。我写的，他画的，都是大明湖，而且都是大明湖之秋，这里大概有点意思。对了，只是在秋天，大明湖才有些美呀。济南的四季，唯有秋天最好，晴暖无风，处处明朗。这时候，请到城墙上走走，俯视秋湖，败柳残荷，水平如镜；唯其是秋色，所以连那些残破的土坝也似乎正与一切景配合：土坝上偶尔有一两截断藕，或一些黄叶的野蔓，配着三五枝芦花，确是有些画意。"庄稼"已都收了，湖显着大了许多，大了当然也就显着明。不仅是湖宽水净，显着明美，抬头向南看，半黄的千佛山就在前面，开元寺那边的"橛子"——大概是个塔吧——静静的立在山头上。往北看，城外的河水很清，菜畦中还生着短短的绿叶。往南往北，往东往西，看吧，处处空阔明朗，有山有湖，有城有河，到这时候，我们真得到个"明"字了。桑先生那张画便是在北城墙上画的，湖边只有几株秋柳，湖中只有一只游艇，水作灰蓝色，柳叶半黄。湖外，他画上了千佛山，湖光山色，联成一幅秋图，明朗，素净，柳梢上似乎吹着点不大能觉出来的微风。

　　对不起，题目是大明湖之春，我却说了大明湖之秋，可谁教亢德先生出错了题呢！

春　风

　　济南与青岛是多么不相同的地方呢！一个设若比作穿肥袖马褂的老先生，那一个便应当是摩登的少女。可是这两处不无相似之点。拿气候说吧，济南的夏天可以热死人，而青岛是有名的避暑所在；冬天，济南也比青岛冷。但是，两地的春秋颇有点相同。济南到春天多风，青岛也是这样；济南的秋天是长而晴美，青岛亦然。

　　对于秋天，我不知应爱哪里的：济南的秋是在山上，青岛的是海边。济南是抱在小山里的；到了秋天，小山上的草色在黄绿之间，松是绿的，别的树叶差不多都是红与黄的。就是那没树木的山上，也增多了颜色——日影、草色、石层，三者能配合出种种的条纹，种种的影色。配上那光暖的蓝空，我觉到一种舒适安全，只想在山坡上似睡非睡的躺着，躺到永远。青岛的山——虽然怪秀美——不能与海相抗，秋海的波还是春样的绿，可是被清凉的蓝空给开拓出老远，平日看不见的小岛清楚的点在帆外。这远到天边的绿水使我不愿思想而不得不思想；一种无目的的思虑，要思虑而心中反倒空虚了些。济南的秋给我安全之感，青岛的秋引起我甜美的悲哀。我不知应当爱哪个。

　　两地的春可都被风给吹毁了。所谓春风，似乎应当温柔，轻吻着柳枝，微微吹皱了水面，偷偷的传送花香，同情的轻轻掀起禽鸟的羽毛。济南与青岛的春风都太粗猛。济南的风每每在丁香海棠开花的时候把天刮黄，什么也看不见，连花都埋在黄暗中；青岛的风少一些沙土，可是狡猾，在已很暖的时节忽然来一阵或一天的冷风，把一切都送回冬天去，棉衣不敢脱，花儿不敢开，海边翻着愁浪。

两地的风都有时候整天整夜的刮。春夜的微风送来雁叫，使人似乎多些希望。整夜的大风，门响窗户动，使人不英雄的把头埋在被子里；即使无害，也似乎不应该如此。对于我，特别觉得难堪。我生在北方，听惯了风，可也最怕风。听是听惯了，因为听惯才知道那个难受劲儿。它老使我坐卧不安，心中游游摸摸的，干什么不好，不干什么也不好。它常常打断我的希望：听见风响，我懒得出门，觉得寒冷，心中渺茫。春天仿佛应当有生气，应当有花草，这样的野风几乎是不可原谅的！我倒不是个弱不禁风的人，虽然身体不很足壮。我能受苦，只是受不住风。别种的苦处，多少是在一个地方，多少有个原因，多少可以设法减除；对风是干没办法。总不在一个地方，到处随时使我的脑子晃动，像怒海上的船。它使我说不出为什么苦痛，而且没法子避免。它自由的刮，我死受着苦。我不能和风去讲理或吵架。单单在春天刮这样的风！可是跟谁讲理去呢？苏杭的春天应当没有这不得人心的风吧？我不准知道，而希望如此。好有个地方去"避风"呀！

可爱的成都

　　到成都来,这是第四次。第一次是在四年前,住了五六天,参观全城的大概。第二次是在三年前, 我随同西北慰劳团北征,路过此处,故仅留二日。第三次是慰劳归来,在此小住,留四日,见到不少的老朋友。这次——第四次——是受冯焕璋先生之约,去游灌县与青城山,由上山下来,顺便在成都玩几天。

　　成都是个可爱的地方。对于我,它特别的可爱,因为:

　　(一)我是北平人,而成都有许多与北平相似之处,稍稍使我减去些乡思。到抗战胜利后,我想,我总会再来一次,多住些时候,写一部以成都为背景的小说。在我的心中,地方好像也都像人似的,有个性格。我不喜上海,因为我抓不住它的性格,说不清它到底是怎么一回事。我不能与我所不明白的人交朋友,也不能描写我所不明白的地方。对成都,真的,我知道的事情太少了;但是,我相信会借它的光儿写出一点东西来。我似乎已看到了它的灵魂,因为它与北平相似。

　　(二)我有许多老友在成都。有朋友的地方就是好地方。这诚然是个人的偏见,可是恐怕谁也免不了这样去想吧。况且成都的本身已经是可爱的呢。八年前,我曾在齐鲁大学教过书。七七抗战后,我由青岛移回济南,仍住齐大。我由济南流亡出来,我的妻小还留在齐大,住了一年多。齐大在济南的校舍现

儿戏——猫儿拿耗

儿戏——猫儿拿耗子

街巷中小孩游戏，七八人輋手作圈，圈内一人作鼠，圈外作猫，眾人邊走邊唱一更鼓里天，猫儿拿耗子天長了夜短了耗子大爺起晚了此時有問耗子大爺在家没有答曰没起呐洗臉呐吃飯呐等籍以拖延時間必俟老鼠出圈猫方能追捕之辛巳大寒俟長春作此并識時年七十有二

儿戏——猫儿拿耗

　　街巷中，小孩游戏，七八人牵手做圈，圈内一人作鼠，圈外人作猫。众人边走边唱："一更鼓里天，猫儿拿耗子，天长了夜短了，耗子大爷起晚了"。此时有问：耗子大爷在家没有？答曰：没起呐、洗脸呐、吃饭呐等，藉以拖延时间，必俟老鼠出圈，猫方能追捕之。

在已被敌人完全占据，我的朋友们的一切书籍器物已被劫一空，那么，今天又能在成都会见其患难的老友，是何等的快乐呢！衣物，器具，书籍，丢失了有什么关系！我们还有命，还能各守岗位的去忍苦抗敌，这就值得共进一杯酒了！抗战前，我在山东大学也教过书。这次，在华西坝，无意中的也遇到几位山大的老友，"惊喜欲狂"一点也不是过火的形容。一个人的生命，我以为，是一半儿活在朋友中的。假若这句话没有什么错误，我便不能不"因人及地"的喜爱成都了。啊，这里还有几十位文艺界的友人呢！与我的年纪差不多的，如郭子杰，叶圣陶，陈翔鹤，诸先生，握手的时节，不知为何，不由的就彼此先看看头发——都有不少根白的了，比我年纪轻一点的呢，虽然头发不露痕迹，可是也显着削瘦，霜鬓瘦脸本是应该引起悲愁的事，但是，为了抗战而受苦，为了气节而不肯折腰，瘦弱衰老不是很自然的结果么？这真是悲喜俱来，另有一番滋味了！

（三）我爱成都，因为它有手有口。先说手，我不爱古玩，第一因为不懂，第二因为没有钱。我不爱洋玩艺，第一因为它们洋气十足，第二因为没有美金。虽不爱古玩与洋东西，但是我喜爱现代的手造的相当美好的小东西。假若我们今天还能制造一些美好的物件，便是表示了我们民族的爱美性与创造力仍然存在，并不逊于古人。中华民族在雕刻，图画，建筑，制铜，造瓷……上都有特殊的天才。这种天才在造几张纸，制两块墨砚，打一张桌子，漆一两个小盒上都随时的表现出来。美的心灵使他们的手巧。我们不应随便丢失了这颗心。因此，我爱现代的手造的美好的东西。北平有许多这样的好东西，如地毯，珐琅，玩具……但是北平还没有成都这样多。成都还存着我们民族的巧手。我绝对不是反对机械，而只是说，我们在大的工业上必须采取西洋方法，在小工业上则须保存我们的手。谁知道这二者有无调谐的可能呢？不过，我想，人类文化的明日，恐怕不是家家造大炮，户户有坦克车，而是要以真理代替武力，以善美代替横暴。果然如此，我们便应想一想是否该把我们的心灵也机械化了吧？次说口：成都人多数健谈。文化高的地方都如此，因为"有"话可讲，但是，这且不在话下。

这次，我听到了川剧，洋琴，与竹琴。川剧的复杂与细腻，在重庆时我已领略了一点。到成都，我才听到真好的川剧。很佩服贾佩之，萧楷成，周企何诸先生的口。我的耳朵不十分笨，连昆曲——听过几次之后——都能哼出一句半句来。可是，已经听过许多次川剧，我依然一句也哼不出。它太复杂，在牌子上，在音域上，恐怕它比任何中国的歌剧都复杂的好多。我希望能用心的去学几句。假若我能哼上几句川剧来，我想，大概就可以不怕学不会任何别的歌唱了。竹琴本很简单，但在贾树三的口中，它变成极难唱的东西。他不轻易放过一个字去，他用气控制着情，他用"抑"逼出"放"，他由细嗓转到粗嗓而没有痕迹。我很希望成都的口，也和它的手一样，能保存下来。我们不应拒绝新的音乐，可也不应把旧的扫灭。恐怕新旧相通，才能产生新的而又是民族的东西来吧。

还有许多话要说，但是很怕越说越没有道理，前边所说的那一点恐怕已经是胡涂话啊！且就这机会谢谢侯宝璋先生给我在他的客室里安了行军床，吴先忧先生领我去看戏与洋琴，"文协"分会会员的招待，与朋友们的赏酒饭吃！

滇行短记

一

总没学会写游记。这次到昆明住了两个半月，依然没学会写游记，最好还是不写。但友人嘱寄短文，并以滇游为题。友情难违；就想起什么写什么。另创一格，则吾岂敢，聊以塞责，颇近似之，惭愧得紧！

二

八月二十六日早七时半抵昆明。同行的是罗莘田先生。他是我的幼时同学，现在已成为国内有数的音韵学家。老朋友在久别之后相遇，谈些小时候的事情，都快活得要落泪。

他住昆明青云街靛花巷，所以我也去住在那里。

住在靛花巷的，还有郑毅生先生，汤老先生①，袁家骅先生，许宝騄先生，郁泰然先生。

毅生先生是历史家，我不敢对他谈历史，只能说些笑话，汤老先生是哲学家，精通佛学，我偷偷的读他的晋魏六朝佛教

---

① 汤老先生，即汤用彤。

史，没有看懂，因而也就没敢向他老人家请教。家骅先生在西南联大教授英国文学，一天到晚读书，我不敢多打扰他，只在他泡好了茶的时候，搭讪着进去喝一碗，赶紧告退。他的夫人钱晋华女士常来看我。到吃饭的时候每每是大家一同出去吃价钱最便宜的小馆。宝骙先生是统计学家，年轻，瘦瘦的，聪明绝顶。我最不会算术，而他成天的画方程式。他在英国留学毕业后，即留校教书，我想，他的方程式必定画得不错！假若他除了统计学，别无所知，我只好闭口无言，全没办法。可是，他还会唱三百多出昆曲。在昆曲上，他是罗莘田先生与钱晋华女士的"老师"。罗先生学昆曲，是要看看制曲与配乐的关系，属于那声的字容或有一定的谱法，虽腔调万变，而不难找出个作谱的原则。钱女士学昆曲，因为她是个音乐家。我本来学过几句昆曲，到这里也想再学一点。可是，不知怎的一天一天的度过去，天天说拍曲，天天一拍也未拍，只好与许先生约定：到抗战胜利后，一同回北平去学，不但学，而且要彩唱！郁先生在许多别的本事而外，还会烹调。当他有工夫的时候，便作一二样小菜，沽四两市酒，请我喝两杯。这样，靛花巷的学者们的生活，并不寂寞。当他们用功的时候，我就老鼠似的藏在一个小角落里读书或打盹；等他们离开书本的时候，我也就跟着"活跃"起来。

此外，在这里还遇到杨今甫、闻一多、沈从文、卞之琳、陈梦家、朱自清、罗膺中、魏建功、章川岛……诸位文坛老将，好像是到了"文艺之家"。关于这些位先生的事，容我以后随时报告。

三

靛花巷是条只有两三人家的小巷，又狭又脏。可是，巷名的雅美,令人欲忘其陋。

昆明的街名,多半美雅。金马碧鸡等用不着说了,就是靛花巷附近的玉龙堆,先生坡,也都令人欣喜。

靛花巷的附近还有翠湖,湖没有北平的三海那么大,那么富丽,可是,据我看:比什刹海要好一些。湖中有荷蒲;岸上有竹树,颇清秀。最有特色的是猪耳菌,成片的开着花。此花叶厚,略似猪耳,在北平,我们管它叫做凤眼兰,状其花也;花瓣上有黑点,象眼珠。叶翠绿,厚而有光;花则粉中带蓝,无论在日光下,还是月光下,都明洁秀美。

云南大学与中法大学都在靛花巷左右,所以湖上总有不少青年男女,或读书,或散步,或划船。昆明很静,这里最静;月明之夕,到此,谁仿佛都不愿出声。

四

昆明的建筑最似北平,虽然楼房比北平多,可是墙壁的坚厚,椽柱的雕饰,都似"京派"。

花木则远胜北平。北平讲究种花,但夏天日光过烈,冬天风雪极寒,不易把花养好。昆明终年如春,即使不精心培植,还是到处有花。北平多树,但日久不雨,则叶色如灰,令人不快。昆明的树多且绿,而且树上时有松鼠跳动!入眼浓绿,使人心静,我时时立在楼上远望,老觉得昆明静秀可喜;其实呢,街上的车马并不比别处少。

至于山水,北平也得有愧色,这里,四面是山,滇池五百里——北平的昆明湖才多么一点点呀!山土是红的,草木深绿,绿色盖不住的地方露出几块红来,显出一些什么深厚的力量,教昆明城外到处人感到一种有力的静美。

四面是山,围着平坝子,稻田万顷。海田之间,相当宽的河堤有许多道,都有几十里长,满种着树木。万顷稻,中间画着深绿的线,虽然没有怎样了不起的特色,可也不是怎的总看着像画图。

五

在西南联大讲演了四次。

第一次讲演,闻一多先生作主席。他谦虚的说:大学里总是作研究工作,不容易产出活的文学来……我答以:抗战四年来,文艺写家们发现了许多文艺上的问题,诚恳的去讨论。但是,讨论的第二步,必是研究,否则不易得到结果;而写家们忙于写作,很难静静的坐下去作研究;所以,大学里作研究工作,是必要的,是帮着写家们解决问题的。研究并不是崇古鄙今,而是供给新文艺以有益的参考,使新文艺更坚实起来。譬如说:这两年来,大家都讨论民族形式问题,但讨论的多半是何谓民族形式,与民族形式的源泉何在;至于其中的细腻处,则必非匆匆忙忙的所能道出,而须一项一项的细心研究了。近来,罗莘田先生根据一百首北方俗曲,指出民间诗歌用韵的活泼自由,及十三辙的发展,成为小册。这小册子虽只谈到了民族形式中的一项问题,但是老老实实详详细细的述说,绝非空论。看了这小册子,至少我们会明白十三辙已有相当长久的历史,和它怎样代替了官样的诗韵;至少我们会看出民间文艺的用韵是何等活动,何等大胆——也就增加了我们写作时的勇气。罗先生是音韵学家,可是他的研究结果就能直接有助于文艺的写作,我愿这样的例子一天比一天多起来。

六

正是雨季,无法出游。讲演后,即随莘田下乡——龙泉村。村在郊北,距城约二十里,北大文科研究所在此。冯芝生、罗膺中、钱端升、王了一、陈梦家诸教授都在村中住家。教授们上课去,须步行二十里。

研究所有十来位研究生,生活至苦,用工极勤。三餐无肉,只炒点"地蛋"①丝当作菜。我既佩服他们苦读的精神,又担心他们的健康。莘田患恶性摆子,几位学生终日伺候他,犹存古时敬师之道,实为难得。

莘田病了,我就写剧本。

七

研究所在一个小坡上——村人管它叫"山"。在山上远望,可以看见蟠龙江。快到江外的山坡,一片松林,是黑龙潭。晚上,山坡下的村子都横着一些轻雾;驴马带着铜铃,顺着绿堤,由城内回乡。

冯芝生先生领我去逛黑龙潭,徐旭生先生住在此处。此处有唐梅宋柏;旭老的屋后,两株大桂正开着金黄花。唐梅的干甚粗,但活着的却只有二三细枝——东西老了也并不一定好看。

---

① 地蛋,即马铃薯。

拜街坊

迁入新居或由房东引导或投刺自陈至同院四邻，专程拜谒，藉以求得关照，联络感情，此名之为拜街坊。旧京百姓多久居一处，数十年乃至数代人无迁徙易居，故邻里熟稔，相处和睦，鲜有交恶。故有远亲不如近邻之说，此亦京民和善尚礼民风之一斑也。

拜街坊

坐在石凳上,旭老建议:中秋夜,好不好到滇池去看月;包一条小船,带着乐器与酒果,泛海竟夜。商议了半天,毫无结果。(一)船价太贵。(二)走到海边,已须步行二十里,天亮归来,又须走二十里,未免太苦。(三)找不到会玩乐器的朋友。看滇池月,非穷书生所能办到的呀!

八

中秋。莘田与我出了点钱,与研究所的学员们过节。吴晓铃先生掌灶,大家帮忙,居然作了不少可口的菜。饭后,在院中赏月,有人唱昆曲。午间,我同两位同学去垂钓,只钓上一二条寸长的小鱼。

九

莘田病好了一些。我写完了话剧《大地龙蛇》的前二幕。约了膺中、了一、和众研究生,来听我朗读。大家都给了些很好的意见,我开始修改。

对文艺,我实在不懂得什么,就是愿意学习,最快活的,就是写得了一些东西,对朋友们朗读,而后听大家的批评。一个人的脑子,无论怎样的缜密,也不能教作品完全没有漏隙,而旁观者清,不定指出多少窟窿来。

十

从文和之琳约上呈贡——他们住在那里,来校上课须坐火车。莘田病刚好，不能陪我去，只好作罢。我继续写剧本。

十一

岗头村距城八里，也住着不少的联大的教职员。我去过三次，无论由城里去，还是由龙泉村去，路上都很美。走二三里，在河堤的大树下，或在路旁的小茶馆，休息一下，都使人舍不得走开。

村外的小山上，有涌泉寺，和其他的云南的寺院一样，庭中有很大的梅树和桂树。桂树还有一株开着晚花，满院都是香的。庙后有泉，泉水流到寺外，成为小溪；溪上盛开着秋葵和说不上名儿的香花，随便折几枝，就够插瓶的了。我看到一两个小女学生在溪畔端详那枝最适于插瓶——涌泉寺里是南菁中学。

在南菁中学对学生说了几句话。我告诉他们：各处缠足的女子怎样在修路，抬土，作着抗建的工作。章川岛先生的小女儿下学后，告诉她爸爸："舒伯伯挖苦了我们的脚！"

十二

离龙泉村五六里，为凤鸣山。山上有庙，庙有金殿——一座小殿，全用铜筑。山与庙都没什么好看，倒是遍山青松，十分幽丽。

云南的松柏结果都特别的大。松塔大如菠萝，柏实大如枣。松子几乎代替了瓜子，闲着没事的时候，大家总是买些松子吃着玩，整船的空的松塔运到城中；大概是作燃料用，可是凤鸣山的青松并没有松塔儿,也许是另一种树吧,我叫不上名字来。

十三

在龙泉村,听到了古琴。相当大的一个院子,平房五六间。顺着墙,丛丛绿竹。竹前,老梅两株,瘦硬的枝子伸到窗前。巨杏一株,阴遮半院。绿阴下,一案数椅,彭先生弹琴,查先生吹箫;然后,查先生独奏大琴。

在这里,大家几乎忘了一切人世上的烦恼!

这小村多么污浊呀,路多年没有修过,马粪也数月没有扫除过,可是在这有琴音梅影的院子里,大家的心里却发出了香味。

查阜西先生精于古乐。虽然他与我是新识,却一见如故,他的音乐好,为人也好。他有时候也作点诗——即使不作诗,我也要称他为诗人呵!

与他同院住的是陈梦家先生夫妇,梦家现在正研究甲骨文。他的夫人,会几种外国语言,也长于音乐,正和查先生学习古琴。

十四

在昆明两月,多半住在乡了,简直的没有看见什么。城内与郊外的名胜几乎都没有看到。战时,古寺名山多被占用;我不便为看山访古而去托人情,连最有名的西山,也没有能去。在城内靛花巷住着的时候,每天我必倚着楼窗远望西山,想象着由山上看滇池,应当是怎样的美丽。山上时有云气往来,昆明人说:"有雨无雨看西山"。山峰被云遮住,有雨,峰还外露,虽别处有云,也不至有多大的雨。此语,相当的灵验。西山,只当了我的阴晴表,真面目如何,恐怕这一生也不会知道了;哪容易再得到游昆明的机会呢!

到城外中法大学去讲演了一次,本来可以顺脚去看筇竹寺的五百罗汉塑像。可是,据说也不能随便进去,况且,又落了雨。

连城内的园通公园也只可游览一半,不过,这一半确乎值得一看。建筑的大方,或较北平的中山公园还好一些;至于石树的幽美,则远胜之,因为中山公园太"平"了。

同查阜西先生逛了一次大观楼。楼在城外湖边,建筑无可观,可是水很美。出城,坐小木船。在稻田中间留出来的水道上慢慢的走。稻穗黄,芦花已白,田坝旁边偶而还有几穗凤眼兰。远处,万顷碧波,缓动着风帆——到昆阳去的水路。

大观楼在公园内,但美的地方却不在园内,而在园外。园外是滇池,一望无际。湖的气魄,比西湖与颐和园的昆明池都大得多了。在城市附近,有这么一片水,真使人狂喜。湖上可以划船,还有鲜鱼吃。我们没有买舟,也没有吃鱼,只在湖边坐了一会看水。天上白云,远处青山,眼前是一湖秋水,使人连诗也懒得作了。作诗要去思索,可是美景把人心融化在山水风花里,像感觉到一点什么,又好像茫然无所知,恐怕坐湖边的时候就有这种欣悦吧?在此际还要寻词觅字去作诗,也许稍微笨了一点。

十五

剧本写完,今年是我个人的倒霉年。春初即患头晕,一直到夏季,几乎连一个字也没有写。没想到,在昆明两月,倒能写成这一点东西——好坏是另一问题,能动笔总是件可喜的事。

十六

剧本既已写成,就要离开昆明,多看一些地方。从文与之琳约上呈贡,因为莘田病初好,不敢走路,没有领我去,只好延期。我很想去,一来是听说那里风景很好,二来是要看看之琳写的长篇小说!——已经写了十几万字,还在继续的写。

十七

查阜西先生愿陪我去游大理。联大的友人们虽已在昆明二三年,还很少有到过大理的。大家都盼望我俩的计划能实现。于是我们就分头去接洽车子。

有几家商车都答应了给我们座位,我们反倒难于决定坐哪一家的了。最后,决定坐吴晓铃先生介绍的车,因为一行四部卡车,其中的一位司机是他的弟弟。兄弟俩一定教我们坐那部车,而且先请我们吃了饭,吃饭的时候,我笑着说:"这回,司机可教黄鱼给吃了!"

十八

一上了滇缅公路,便感到战争的紧张;在那静静的昆明城里,除了有空袭的时候,仿佛并没有什么战争与患难的存在。在我所走过的公路中,要算滇缅公路最忙了,车,车,车,来的,去的,走着的,停着的,大的,小的,到处都是车!我们所坐的车子是商车,这种车子可以搭一两个客,客人按公路交通车车价十分之二买票。短途搭脚的客人,只乘三五十里,不经过检查站,便无须打票,而作黄鱼;这是司机车的一笔"外找"。官车有押车的人,黄鱼不易上去;这批买卖多半归商车作。商车的司机薪水既高,公物安全的到达,还有奖金;薪水与奖金凑起来,已近千元,此外且有外找,差不多一月可以拿到两三千元。因为入款多,所以他们开车极仔细可靠。同时,他们也敢享受。公家车子的司机待遇没有这么高;而到处物价都以商车司机的阔气为标准,所以他们开车便理直气壮。据说,不久的将来,沿途都要为司机们设立招待所,以低廉的取价,供给他们相当舒适的食宿,使他们能饱食安眠,得到一些安慰。我希望这计划能早早实现!

第一天,到晚八时余,我们才走了六十三公里!我们这四部车没有押车的,因为押车的既没法约束司机,跟来是自讨无趣,而且时时耽误了工夫——一与司机冲突,则车不能动——一到时候交不上货去。押车员的地位,被司机的班长代替了,而这位班长绝对没有办事的能力。已走出二十公里,他忘记了交货证;回城去取。又走了数里,他才想起,没有带来机油,再回去取来!商车,假若车主不是司机出身,只有赔钱!

六十三公里的地方，有一家小饭馆，一位广东老人，不会说云南话，也不会说任何异于广东话的言语，作着生意。我很替他着急，他却从从容容的把生意作了；广东人的精神！

没有旅馆，我们住在一家人家里。房子很大，院中极脏。又赶上落了一阵雨，到处是烂泥，不幸而滑倒，也许跌到粪堆里去。

十九

第二天一早动身，过羊老哨，开始领略出滇缅路的艰险。司机介绍，从此到下关，最险的是坂山坡和天子庙，一上一下都有二十多公里。不过，这样远都是小坡，真正危险的地方还须过下关才能看到；有的地方，一上要一整天，一下又要一整天！

山高弯急，比川陕与西兰公路都更险恶。说到这里，也就难怪司机们要享受一点了，这是玩命的事啊！我们的司机，真谨慎：见迎面来车，马上停住让路；听后面有响声，又立刻停住让路；虽然他开车的技巧很好，可是一点也不敢大意。遇到大坡，车子一步一哼，不肯上去，他探着身（他的身量不高），连眼皮似乎都不敢眨一眨。我看得出来，到下午三四点钟的时候，他已经有点支持不住了。

在禄丰打尖，开铺子的也多是广东人。县城距公路还有二三里路，没有工夫去看。打尖的地方是在公路旁新辟的街上。晚上宿在镇南城外一家新开的旅舍里，什么设备也没有，可是住满了人。

豆汁儿摊儿

豆汁儿摊儿
去北京爱喝豆
汁儿街头设肆开
摊间店以便行
入胡饮其味甘
酸适口更佐以
辣咸菜益增其
美也其咸菜有
青腌水芥切为
细丝拌以辣椒
油或酱苤蓝丝
酱乾菜吃完随
添赠菜吃完再
添浅不计钱除
豆汁儿外还卖芝
麻酱烧饼马蹄
烧饼薄脆焦圈
等炸食
乙亥三月长春
画于蓟门

豆汁儿摊儿

　　老北京人爱喝豆汁儿，街头设摊开店，胡同里有货车货担，不论男女老少，长衫短打，都来就饮。豆汁儿有一种特殊的味道，再加上伴食着辣咸菜，其味更美。卖豆汁儿的咸菜有青腌水芥丝或酱苤蓝丝，拌以辣椒面儿或辣椒油，好一些的有什香菜，一碗豆汁儿一碟咸菜这是一份，咸菜吃完再添，不另计价。摊上除卖豆汁外还卖芝麻酱烧饼、螺丝转儿，以及薄脆和小油炸鬼焦圈儿等炸货。

二十

第三天经过圾山坡及天子庙两处险坡。终日在山中盘旋。山连山，看不见村落人烟。有的地方，松柏成林；有的地方，却没有多少树木。可是，没有树的地方，也是绿的，不像北方大山那样荒凉。山大都没有奇峰，但浓翠可喜；白云在天上轻移，更教青山明媚。高处并不冷，加以车子越走越热，反倒要脱去外衣了。

晚上九点，才到下关车站。几乎找不到饭吃，因为照规矩须在日落以前赶到，迟到的便不容易找到东西吃了。下关在高处，车子都停在车站。站上的旅舍饭馆差不多都是新开的，既无完好的设备，价钱又高，表示出"专为赚钱，不管别的"的心理。

公路局设有招待所，相当的洁净，可是很难有空房。我们下了一家小旅舍，门外没有灯，门内却有一道臭沟，一进门我就掉在沟里！楼上一间大屋，设床十数架，头尾相连，每床收钱三元。客人们要有两人交谈的，大家便都需陪着不睡，因为都在一间屋子里。

这样的旅舍要三元一铺，吃饭呢，至少须花十元以上，才能吃饱。司机者的花费，即使是绝对规规矩矩，一天也要三四十元咧。

二十一

下关的风，上关的花，苍山的雪，洱海的月，为大理四景。

据说下关的风虽多,而不进屋子。我们没遇上风,不知真假。我想,不进屋子的风恐怕不会有,也许是因这一带多地震,墙壁都造得特别厚,所以屋中不大受风的威胁吧。

早晨,车子都开了走,下关便很冷静;等到下午五六点钟的时候,车子都停下,就又热闹起来。我们既不愿白日在旅馆里呆坐,也不喜晚间的嘈杂,便马上决定到喜洲镇去。

由下关到大理是三十里,由大理到喜洲镇还有四十五里。看苍山,以在大理为宜;可是喜洲镇有我们的朋友,所以决定先到那里去。我们雇了两乘滑竿。

这里抬滑竿的多数是四川人。本地人是不愿卖苦力气的。

离开车站,一拐弯便是下关。小小的一座城,在洱海的这一端,城内没有什么可看的。穿出城,右手是洱海,左手是苍山,风景相当的美。可惜,苍山上并没有雪;按轿夫说,是几天没下雨,故山上没有雪,——地上落雨,山上就落雪,四季皆然。

到处都有流水,是由苍山流下的雪水。缺雨的时候,即以雪水灌田,但是须向山上的人购买;钱到,水便流过来。

沿路看到整齐坚固的房子,一来是因为防备地震,二来是石头方便。

在大理城内打尖。长条的一座城,有许多家卖大理石的铺子。铺店的牌匾也有用大理石作的,圆圆的石块,嵌在红木上,非常的雅致。城中看不出怎样富庶, 也没有多少很体面的建筑,但是在晴和的阳光下,大家从从容容的作着事情,使人感到安全静美。谁能想到,这就是杜文秀抵抗清兵十八年的地方啊!

太阳快落了,才看到喜洲镇。在路上,被日光晒得出了汗;

现在,太阳刚被山峰遮住,就感到凉意。据说,云南的天气是一岁中的变化少,一月中的变化多。

二十二

洱海并不像我们想像的那么美。海长百里,宽二十里,是一个长条儿,长而狭便一览无余,缺乏幽远或苍茫之气;它像一条河,不像湖。还有,它的四面都是山,可是山——特别是紧靠湖岸的——都不很秀,都没有多少树木。这样,眼睛看到湖的彼岸,接着就是些平平的山坡了;湖的气势立即消散,不能使人凝眸伫视——它不成为景!

湖上的渔帆也不多。

喜洲镇却是个奇迹。我想不起,在国内什么偏僻的地方,见过这么体面的市镇,远远的就看见几所楼房,孤立在镇外,看样子必是一所大学校。我心中暗喜;到喜洲来,原为访在华中大学的朋友们;假若华中大学有这么阔气的楼房,我与查先生便可以舒舒服服的过几天了。及仔细一打听,才知道那是五台中学,地方上士绅捐资建筑的,花费了一百多万,学校正对着五台高峰,故以五台名。

一百多万!是的,这里的确有出一百多万的能力。看,镇外的牌坊,高大,美丽,通体是大理石的,而且不止一座呀!

进到镇里,仿佛是到了英国的剑桥,街旁到处流着活水:一出门,便可以洗菜洗衣,而污浊立刻随流而逝。街道很整齐,商店很多。有图书馆,馆前立着大理石的牌坊,字是贴金的!有警察局。有象王宫似的深宅大院,都是雕梁画柱。有许多祠堂,也都金碧辉煌。

不到一里，便是洱海。不到五六里便是高山。山水之间有这样的一个镇市，真是世外桃源啊！

二十三

华中大学却在文庙和一所祠堂里。房屋又不够用，有的课室只像卖香烟的小棚子。足以傲人的，是学校有电灯。校车停驶，即利用车中的马达磨电。据说，当电灯初放光明的时节，乡人们"不远千里而来""观光"。用不着细说，学校中一切的设备，都可以拿这样的电灯作象征——设尽方法，克服困难。

教师们都分住在镇内，生活虽苦，却有好房子住。至不济，还可以租住阔人们的祠堂——即连壁上都嵌着大理石的祠堂。

四年前，我离家南下，到武汉便住在华中大学。隔别三载，朋友们却又在喜洲相见，是多么快活的事呀！住了四天，天天有人请吃鱼：洱海的鱼拿到市上还欢跳着。"留神破产呀！"客人发出警告。可是主人们说："谁能想到你会来呢？！破产也要痛快一下呀！"

我给学生们讲演了三个晚上，查先生讲了一次。五台中学也约去讲演，我很怕小学生们不懂我的言语，因为学生们里有的是讲民家话的。民家话属于哪一语言系统，语言学家们还正在讨论中。在大理城中，人们讲官话，城外便要说民家话了。到城里作事和卖东西的，多数的人只能以官话讲价钱，和说眼前的东西的名称，其余的便说不上来了。所谓"民家"者，对官家军人而言，大概在明代南征的时候，官吏与军人被称为官家与军家，而原来的居民便成了民家。

民家人是谁？民家语是属于哪一系统？都有人正在研究。民家人的风俗、神话、历史，也都有研究的价值。云南是学术研究的宝地，人文而外，就单以植物而言，也是兼有温带与寒带的花木啊。

二十四

游了一回洱海，可惜不是月夜。湖边有不少稻田，也有小小的村落。阔人们在海中建起别墅别有天地。这些人是不是发国难财的，就不得而知了。

也游了一次山，山上到处响着溪水，东一个西一个的好多水磨。水比山还好看！苍山的积雪化为清溪，水浅绿，随处在石块左右，翻起白花，水的声色，有点像瑞士的。

山上有罗刹阁。菩萨化为老人，降伏了恶魔罗刹父子，压于宝塔之下。这类的传说，显然是佛教与本土的神话混合而成的。经过分析，也许能找出原来的宗教信仰，与佛教输入的情形。

二十五

此地，妇女们似乎比男人更能干。在田里下力的是妇女，在场上卖东西的是妇女，在路上担负粮柴的也是妇女。妇女，据说，可以养着丈夫，而丈夫可以在家中安闲的享福。

妇女的装束略同汉人，但喜戴些零七八碎的小装饰。很穷的小姑娘老太婆，尽管衣裙破旧，也戴着手镯。草帽子必缀上两根红绿的绸带。她们多数是大足，但鞋尖极长极瘦，鞋后跟钉着一块花布,表示出也近乎缠足的意思。

听说她们很会唱歌,但是我没有听见一声。

二十六

由喜洲回下关,并没在大理停住,虽然华中的友人给了我们介绍信,在大理可以找到住处。大理是游苍山的最合适的地方。我们所以直接回下关者,一来因为不愿多打扰生朋友,二来是车子不好找,须早为下手。

回到下关,范会连先生来访,并领我们去洗温泉。云南这一带温泉很多,而且水很热。我们洗澡的地方,安有冷水管,假若全用泉水,便热得下不去脚了。泉下,一个很险要的地方,两面是山,中间是水,有一块碑,刻着汉诸葛武侯擒孟获处。碑是光绪年间立的,不知以前有没有?

范先生说有小车子回昆明,教我们乘搭。在这以前,我们已交涉好滇缅路交通车,即赶紧辞退,可是,路局的人员约我去演讲一次。他们的办公处,在湖边上,一出门便看见山水之胜。小小的一个聚乐部,里面有些书籍。职员之中,有些很爱好文艺的青年。他们还在下关演过话剧。他们的困难是找不到合适的剧本。他们的人少,服装道具也不易置办,而得到的剧本,总嫌用人太多,场面太多,无法演出。他们的困难,我想,恐怕也是各地方的热心戏剧宣传者的困难吧,写剧的人似乎应当注意及此。

讲演的时候,门外都站满了人。他们不易得到新书,也不易听到什么,有朋自远方来,当然使他们兴奋。

在下关旅舍里,遇见一位新由仰光回来的青年,他告诉我:海外是怎样的需要文艺宣传。有位"常任侠"——不是中大的教授——声言要在仰光等处演戏,需钱去接来演员。演员们始终没来一个,而常君自己已骗到手十多万!

二十七

小车子一天赶了四百多公里,早六时半出发,晚五时就开到了昆明。

预备作两件事:一件是看看滇戏,一件是上呈贡。滇戏没看到,因为空袭的关系,已很久没有彩唱,而只有"坐打"。呈贡也没去成。预定十一月十四日起身回渝,十号左右可去呈贡,可是忽然得到通知,十号可以走,破坏了预定计划。

十日,恋恋不舍的辞别了众朋友。

卖风筝的

在北京，风筝摊点的主人都是制风筝的好手。从扎架子、糊纸（绢）、彩绘到提线儿的拴结等等工序都十分讲究，并且各有特色。京城中最有名的要算哈国良与金忠福两家了。后门（地安门）桥北路西有座火神庙，山门内北墙有一风筝摊，专售各种风筝尤以黑锅底沙燕最有名，那就是世代相传金忠福的风筝摊。每年厂甸开市期间，海王村北面路东的小胡同中有一风筝摊，大小风筝挂满墙壁，其中有一拃多长的小哪吒做得非常精致，飞得又高又稳，那便是著名的哈国良的摊位。

我的母亲

　　母亲的娘家是北平德胜门外，土城儿外边，通大钟寺的大路上的一个小村里。村里一共有四五家人家，都姓马。大家都种点不十分肥美的地，但是与我同辈的兄弟们，也有当兵的，作木匠的，作泥水匠的，和当巡警的。他们虽然是农家，却养不起牛马，人手不够的时候，妇女便也须下地作活。

　　对于姥姥家，我只知道上述的一点。外公外婆是什么样子，我就不知道了，因为他们早已去世。至于更远的族系与家史，就更不晓得了；穷人只能顾眼前的衣食，没有功夫谈论什么过去的光荣；"家谱"这字眼，我在幼年就根本没有听说过。

　　母亲生在农家，所以勤俭诚实，身体也好。这一点事实却极重要，因为假若我没有这样的一位母亲，我以为我恐怕也就要大大的打个折扣了。

　　母亲出嫁大概是很早，因为我的大姐现在已是六十多岁的老太婆，而我的大外甥女还长我一岁啊。我有三个哥哥，四个姐姐，但能长大成人的，只有大姐，二姐，三哥与我。我是"老"儿子。生我的时候，母亲已有四十一岁，大姐二姐已都出了阁。

　　由大姐与二姐所嫁人的家庭来推断，在我生下之前，我的家里，大概还马马虎虎的过得去。那时候订婚讲究门当户对，而大姐丈是作小官的，二姐丈也开过一间酒馆，他们都是相当体面的人。

可是，我，我给家庭带来了不幸：我生下来，母亲晕过去半夜，才睁眼看见她的老儿子——感谢大姐，把我揣在怀里，致未冻死。

一岁半，我的父亲"剜"死了。

兄不到十岁，三姐十二、三岁，我才一岁半，全仗母亲独立抚养了。父亲的寡姐跟我们一块儿住，她吸鸦片，她喜摸纸牌，她的脾气极坏。为我们的衣食，母亲要给人家洗衣服，缝补或裁缝衣裳。在我的记忆中，她的手终年是鲜红微肿的。白天，她洗衣服，洗一两大绿瓦盆。她作事永远丝毫也不敷衍，就是屠户们送来的黑如铁的布袜，她也给洗得雪白。晚间，她与三姐抱着一盏油灯，还要缝补衣服，一直到半夜。她终年没有休息，可是在忙碌中她还把院子屋中收拾得清清爽爽。桌椅都是旧的，柜门铜活久已残缺不全，可是她的手老使破桌面上没有尘土，残破的铜活发着光。院中，父亲遗留下的几盆石榴与夹竹桃，永远会得到应有的浇灌与爱护，年年夏天开许多花。

哥哥似乎没有同我玩耍过。有时候，他去读书；有时候，他去学徒；有时候，他也去卖花生或樱桃之类的小东西。母亲含着泪把他送走，不到两天，又含着泪接他回来。我不明白这都是什么事，而只觉得与他很生疏。与母亲相依如命的是我与三姐。因此，他们作事，我老在后面跟着。他们浇花，我也张罗着取水；他们扫地，我就撮土……从这里，我学得了爱花，爱清洁，守秩序。这些习惯至今还被我保存着。

有客人来，无论手中怎么窘，母亲也要设法弄一点东西去款待。舅父与表哥们往往是自己掏钱买酒肉食，这使她脸上羞得飞红，可是殷勤的给他们温酒作面，又给她一些喜悦。遇上亲友家中有喜丧事，母亲必把大褂洗得干干净净，亲自去贺吊——份礼也许只是两吊小钱。到如今为我的好客的习性，还未全改，尽管生活是这么清苦，因为自幼儿看惯了的事情是不易于改掉的。

姑母常闹脾气。她单在鸡蛋里找骨头。她是我家中的阎王。直到我入了中学，她才死去，我可是没有看见母亲反抗过。"没受过婆婆的气，还不受大姑子的吗？命当如此！"母亲在非解释一下不足以平服别人的时候，才这样说。是的，命当如此。母亲活到老，穷到老，辛苦到老，全是命当如此。她最会吃亏。给亲友邻居帮忙，她总跑在前面：她会给婴儿洗三——穷朋友们可以因此少花一笔"请姥姥"钱——她会刮痧，她会给孩子们剃头，她会给少妇们绞脸……凡是她能作的，都有求必应。但是吵嘴打架，永远没有她。她宁吃亏，不逗气。当姑母死去的时候，母亲似乎把一世的委屈都哭了出来，一直哭到坟地。不知道哪里来的一位侄子，声称有继承权，母亲便一声不响，教他搬走那些破桌子烂板凳，而且把姑母养的一只肥母鸡也送给他。

可是，母亲并不软弱。母亲死在庚子闹"拳"的那一年。联军入城，挨家搜索财物鸡鸭，我们被搜过两次。母亲拉着哥哥与三姐坐在墙根，等着"鬼子"进门，街门是开着的。"鬼子"进门，一刺刀先把老黄狗刺死，而后入室搜索。他们走后，母亲把破衣箱搬起，才发现了我。假若箱子不空，我早就被压死了。皇上跑了，丈夫死了，鬼子来了，满城是血光火焰，可是母亲不怕，她要在刺刀下，饥荒中，保护着儿女。北平有多少变乱啊，有时候兵变了，街市整条的烧起，火团落在我们的院中。有时候内战了，城门紧闭，铺店关门，昼夜响着枪炮。这惊恐，这紧张，再加上一家饮食的筹划，儿女安全的顾虑，岂是一个软弱的老寡妇所能受得起的？可是，在这种时候，母亲的心横起来，她不慌不哭，要从无办法中想出办法来。她的泪会往心中落！这点软而硬的个性，也传给了我。我对一切人与事，都取和平的态度，把吃亏看作当然的。但是，在作人上，我有一定的宗旨与基本的法则，什么事都可以将就，而不能超过自己画好的界限。我怕见生人，怕办杂事，怕出头露面；但是到了非我去不可的时候，我便不敢不去，正像我的母亲。从私塾到小学，到中学，我经历过起码有二十位教师吧，其中有给我很大影响的，也有毫无影响的，但是我的真正的教师，把性格传给我的，是我的母亲。母亲并不识字，她给我的是生命的教育。

当我在小学毕了业的时候，亲友一致的愿意我去学手艺，好帮助母亲。我晓得我应当去找饭吃，以减轻母亲的勤劳困苦。可是，我也愿意升学。我偷偷的考入了师范学校——制服，饭食，书籍，宿处，都由学校供给。只有这样，我才敢对母亲说升学的话。入学，要交十圆的保证金。这是一笔巨款！母亲作了半个月的难，把这巨款筹到，而后含泪把我送出门去。她不辞劳苦，只要儿子有出息。当我由师范毕业，而被派为小学校校长，母亲与我都一夜不曾合眼。我只说了句："以后，您可以歇一歇了！"她的回答只有一串串的眼泪。我入学之后，三姐结了婚。母亲对儿女是都一样疼爱的，但是假若她也有点偏爱的话，她应当偏爱三姐，因为自父亲死后，家中一切的事情都是母亲和三姐共同撑持的。三姐是母亲的右手。但是母亲知道这右手必须割去，她不能为自己的便利而耽误了女儿的青春。当花轿来到我们的破门外的时候，母亲的手就和冰一样的凉，脸上没有血色——那是阴历四月，天气很暖。大家都怕她晕过去。可是，她挣扎着，咬着嘴唇，手扶着门框，看花轿徐徐的走去。不久，姑母死了。三姐已出嫁，哥哥不在家，我又住学校，家中只剩母亲自己。她还须自晓至晚的操作，可是终日没人和她说一句话。新年到了，正赶上政府倡用阳历，不许过旧年。除夕，我请了两小时的假。由拥挤不堪的街市回到清炉冷灶的家中。母亲笑了。及至听说我还须回校，她愣住了。半天，她才叹出一口气来。到我该走的时候，她递给我一些花生，"去吧，小子！"街上是那么热闹，我却什么也没看见，泪遮迷了我的眼。今天，泪又遮住了我的眼，又想起当日孤独的过那凄惨的除夕的慈母。可是慈母不会再候盼着我了，她已入了土！

儿女的生命是不依顺着父母所设下的轨道一直前行的，所以老人总免不了伤心。我二十三岁，母亲要我结了婚，我不要。我请来三姐给我说情，老母含泪点了头。我爱母亲，但是我给了她最大的打击。时代使我成为逆子。二十七岁，我上了英国。为了自己，我给六十多岁的老母以第二次打击。在她七十大寿的那一天，我还远在异域。那天，据姐姐们后来告诉我，老太太只喝了两口酒，很早的便睡下。她想念她的幼子，而不便说出来。

"七七"抗战后，我由济南逃出来。北平又像庚子那年似的被鬼子占据了。可是母亲日夜惦念的幼子却跑西南来。母亲怎样想念我，我可以想像得到，可是我不能回去。每逢接到家信，我总不敢马上拆看，我怕，怕，怕，怕有那不详的消息。人，即使活到八九十岁，有母亲便可以多少还有点孩子气。失了慈母便像花插在瓶子里，虽然还有色有香，却失去了根。有母亲的人，心里是安定的。我怕，怕，怕家信中带来不好的消息，告诉我已是失了根的花草。

去年一年，我在家信中找不到关于母亲的起居情况。我疑虑，害怕。我想像得到，若有不幸，家中念我流亡孤苦，或不忍相告。母亲的生日是在九月，我在八月半写去祝寿的信，算计着会在寿日之前到达。信中嘱咐千万把寿日的详情写来，使我不再疑虑。十二月二十六日，由文化劳军的大会上回来，我接到家信。我不敢拆读。就寝前，我拆开信，母亲已去世一年了！

生命是母亲给我的。我之能长大成人，是母亲的血汗灌养的。我之能成为一个不十分坏的人，是母亲感化的。我的性格，习惯，是母亲传给的。她一世未曾享过一天福，临死还吃的是粗粮。唉！还说什么呢？心痛！心痛！

宗月大师

　　在我小的时候，我因家贫而身体很弱。我九岁才入学。因家贫体弱，母亲有时候想教我去上学，又怕我受人家的欺侮，更因交不上学费，所以一直到九岁我还不识一个字。说不定，我会一辈子也得不到读书的机会。因为母亲虽然知道读书的重要，可是每月间三四吊钱的学费，实在让她为难。母亲是最喜脸面的人。她迟疑不决，光阴又不等待着任何人，荒来荒去，我也许就长到十多岁了。一个十多岁的贫而不识字的孩子，很自然的去做个小买卖——弄个小筐，卖些花生、煮豌豆、或樱桃什么的。要不然就是去学徒。母亲很爱我，但是假若我能去做学徒，或提篮沿街卖樱桃而每天赚几百钱，她或者就不会坚决的反对。穷困比爱心更有力量。

　　有一天刘大叔偶然的来了。我说"偶然的"，因为他不常来看我们。他是个极富的人，尽管他心中并无贫富之别，可是他的财富使他终日不得闲，几乎没有工夫来看穷朋友。一进门，他看见了我。"孩子几岁了？上学没有？"他问我的母亲。他的声音是那么洪亮，（在酒后，他常以学喊俞振庭的《金钱豹》自傲），他的衣服是那么华丽，他的眼是那么亮，他的脸和手是那么白嫩肥胖，使我感到我大概是犯了什么罪。我们的小屋，破桌凳，土炕，几乎禁不住他的声音的震动。等我母亲回答完，刘

踩祟

除夕日傍晚，将芝麻秸散于庭院过道，任往来人践踏，咯咯作响，谓之踩碎，盖谐踩祟之音。意将邪祟踏诸脚下，以祈福祥也。

大叔马上决定："明天早上我来,带他上学,学钱、书籍,大姐你都不必管!"我的心跳起多高,谁知道上学是怎么一回事呢!

第二天,我像一条不体面的小狗似的,随着这位阔人去入学。学校是一家改良私塾,在离我的家有半里多地的一座道士庙里。庙不甚大,而充满了各种气味:一进山门先有一股大烟味,紧跟着便是糖精味(有一家熬制糖球糖块的作坊),再往里,是厕所味,与别的臭味。学校是在大殿里,大殿两旁的小屋住着道士,和道士的家眷。大殿里很黑、很冷。神像都用黄布挡着,供桌上摆着孔圣人的牌位。学生都面朝西坐着,一共有三十来人。西墙上有一块黑板——这是"改良"私塾。老师姓李,一位极死板而极有爱心的中年人。刘大叔和李老师"嚷"了一顿,而后教我拜圣人及老师。老师给了我一本《地球韵言》和一本《三字经》。我于是,就变成了学生。

自从做了学生以后,我时常的到刘大叔的家中去。他的宅子有两个大院子,院中几十间房屋都是出廊的。院后,还有一座相当大的花园。宅子的左右前后全是他的房屋,若是把那些房子齐齐的排起来,可以占半条大街。此外,他还有几处铺店。每逢我去,他必招呼我吃饭,或给我一些我没有看见过的点心。他绝不以我为一个苦孩子而冷淡我,他是阔大爷,但是他不以富傲人。

在我由私塾转入公立学校去的时候,刘大叔又来帮忙。这时候,他的财产已大半出了手。他是阔大爷,他只懂得花钱,而不知道计算。人们吃他,他甘心教他们吃;人们骗他,他付之一笑。他的财产有一部分是卖掉的,也有一部分是被人骗了去的。他不管;他的笑声照旧是洪亮的。

到我在中学毕业的时候,他已一贫如洗,什么财产也没有了，只剩了那个后花园。不过，在这个时候，假若他肯用用心思，去调整他的产业，他还能有办法教自己丰衣足食，因为他的好多财产是被人家骗了去的。可是，他不肯去请律师。贫与富在他心中是完全一样的。假若在这时候，他要是不再随便花钱，他至少可以保住那座花园，和城外的地产。可是，他好善。尽管他自己的儿女受着饥寒，尽管他自己受尽折磨，他还是去办贫儿学校，粥厂，等等慈善事业。他忘了自己。就是在这个时候，我和他过往的最密。他办贫儿学校，我去做义务教师。他施舍粮米，我去帮忙调查及散放。在我的心里，我很明白：放粮放钱不过只是延长贫民的受苦难的日期，而不足以阻拦住死亡。但是，看刘大叔那么热心，那么真诚，我就顾不得和他辩论，而只好也出点力了，即使我和他辩论，我也不会得胜，人情是往往能战败理智的。

在我出国以前，刘大叔的儿子死了。而后，他的花园也出了手。他入庙为僧，夫人与小姐入庵为尼，由他的性格来说，他似乎势必走入避世学禅的一途。但是由他的生活习惯上来说，大家总以为他不过能念念经，布施布施僧道而已，而绝对不会受戒出家。他居然出了家，在以前，他吃的是山珍海味，穿的是绫罗绸缎，他也嫖也赌。现在，他每日一餐，入秋还穿着件夏布道袍。这样苦修，他的脸上还是红红的，笑声还是洪亮的。对佛学，他有多么深的认识，我不敢说。我却真知道他是个好和尚，他知道一点便去作一点，能作一点便作一点。他的学问也许不高，但是他所知道的都能见诸实行。

出家以后，他不久就作了一座大寺的方丈。可是没有好久就被驱除出来。他是要做真和尚，所以他不惜变卖庙产去救济苦人。庙里不要这种方丈。一般的说，方丈的责任是要扩充庙产,而不是救苦救难的。离开大寺,他到一座没有任何产业的庙里作方丈。他自己既没有钱,他还须天天为僧众们找到斋吃。同时,他还举办粥厂等等慈善事业。他穷,他忙,他每日只进一顿简单的素餐,可是他的笑声还是那么洪亮。他的庙里不应佛事,赶到有人来请,他便领着僧众给人家去唪真经,不要报酬。他整天不在庙里,但是他并没忘了修持;他持戒越来越严,对经义也深有所获。他白天在各处筹钱办事,晚间在小室里作工夫。谁见到这位破和尚也不曾想到他曾是个在金子里长起来的阔大爷。

去年,有一天他正给一位圆寂了的和尚念经,他忽然闭上了眼,就坐化了。火葬后,人们在他的身上发现许多舍利。

没有他,我也许一辈子也不会入学读书。没有他,我也许永远想不起帮助别人有什么乐趣与意义。他是不是真的成了佛?我不知道。但是,我的确相信他的居心与言行是与佛相近似的。我在精神上物质上都受过他的好处,现今我的确愿意他真的成了佛,并且盼望他以佛心引领我向善,正像在三十五年前,他拉着我去入私塾那样!

他是宗月大师。

香蒿灯与荷叶灯

　　七月十五晚提灯游走，除纸糊的莲花灯外还有香蒿灯和莲花灯。香蒿灯是将烧剩下的香头儿，用纸条儿粘在香蒿枝上。燃点着的香头挂满树枝上，远远望去星光点点、闪灼摇曳，非常有趣。荷叶灯是将燃点的蜡烛插在荷叶当中，手擎着荷叶梗走起来。上方翠盖红烛，下面光影明翳，也为这宗教节日添了几分神秘的色彩。

敬悼许地山先生

地山是我的最好的朋友。以他的对种种学问好知喜问的态度,以他的对生活各方面感到的趣味,以他的对朋友的提携辅导的热诚,以他的对金钱利益的淡薄,他绝不像个短寿的人。每逢当我看见他的笑脸,握住他的柔软而戴着一个翡翠戒指的手,或听到他滔滔不断的讲说学问或故事的时候,我总会感到他必能活到八九十岁,而且相信若活到八九十岁,他必定还能像年轻的时候那样有说有笑,还能那样说干什么就干什么,永不驳回朋友的要求,或给朋友一点难堪。

地山竟自会死了——才将快到五十的边儿上吧。

他是我的好友。可是,我对于他的身世知道的并不十分详细。不错,他确是告诉过我许多关于他自己的事情;可是,大部分都被我忘掉了。一来是我的记性不好;二来是当我初次看见他的时候,我就觉得"这是个朋友",不必细问他什么;即使他原来是个强盗,我也只看他可爱;我只知道面前是个可爱的人,就是一点也不晓得他的历史,也没有任何关系!况且,我还深信他会活到八九十岁呢。让他讲那些有趣的故事吧,让他说些对种种学术的心得与研究方法吧;至于他自己的历史,忙什么呢? 等他老年的时候再说给我听,也还不迟啊!

可是,他已经死了!

　　我知道他是福建人。他的父亲作过台湾的知府——说不定他就生在台湾。他有一位舅父,是个很有才而后来作了不十分规矩的和尚的。由这位舅父,他大概自幼就接近了佛说,读过不少的佛经。还许因为这位舅父的关系,他曾在仰光一带住过,给了他不少后来写小说的资料。他的妻早已死去,留下一个小女孩。他手上的翡翠戒指就是为纪念他的亡妻的。从英国回到北平,他续了弦。这位太太姓周,我曾在北平和青岛见到过。

　　以上这一点:事实恐怕还有说得不十分正确的地方,我的记性实在太坏了!记得我到牛津去访他的时候,他告诉了我为什么老戴着那个翡翠戒指;同时,他说了许许多多关于他的舅父的事。是的,清清楚楚的我记得他由述说这位舅父而谈到禅宗的长短,因为他老人家便是禅宗的和尚。可是,除了这一点,我把好些极有趣的事全忘得一干二净;后悔没把它们都笔记下来!

　　我认识地山,是在二十年前了。那时候,我的工作不多,所以常到一个教会去帮忙,作些"社会服务"的事情。地山不但常到那里去,而且有时候住在那里,因此我认识了他。我呢,只是个中学毕业生,什么学识也没有。可是地山在那时候已经在燕大毕业而留校教书,大家都说他是个很有学问的青年。初一认识他,我几乎不敢希望能与他为友,他是有学问的人哪!可是,他有学问而没有架子,他爱说笑话,村的雅的都有;他同我去吃八个铜板十只的水饺,一边吃一边说,不一定说什么,但总说得有趣。我不再怕他了。虽然不晓得他有多大的学问,可是的确知道他是个极天真可爱的人了。一来二去,我试着步去问他一些书本上的事;我生怕他不肯告诉我,因为我知道有些学者是有这样脾气的：他可以和你交往，不管你是怎样的人；但是一提到学问，他就不肯开口了；不是他不肯把学问白白送给人，便是不屑于与一个没学问的人谈学问——他的神态表示出来，跟你来往已是降格相从，至于学问之事，哈哈……但是，地山绝对不是这样的人。他愿意把他所知道的告诉人，正如同他愿给人讲故事。他不因为我向他请教而轻视我，而且也并不板起面孔表示他有学问。和谈笑话似的，他知道什么便告诉我什么，没有矜持，没有厌倦，教我佩服他的学识，而仍认他为好友。学问并没有毁坏了他的为人，像那些气焰千丈的"学者"那样，他对我如此，对别人也如此；在认识他的人中，我没有听到过背地里指摘他，说他不够个朋友的。

不错，朋友们也有时候背地里讲究他；谁能没有些毛病呢。可是，地山的毛病只使朋友们又气又笑的那一种，绝无损于他的人格。他不爱写信。你给他十封信，他也未见得答复一次；偶而回答你一封，也只是几个奇形怪状的字，写在一张随手拾来的破纸上。我管他的字叫作鸡爪体，真是难看。这也许是他不愿写信的原因之一吧？另一毛病是不守时刻。口头的或书面的通知，何时开会或何时集齐，对他绝不发生作用。只要他在图书馆中坐下，或和友人谈起来，就不用再希望他还能看看钟表。所以，你设若不亲自拉他去赴会就约，那就是你的过错；他是永远不记着时刻的。

一九二四年初秋，我到了伦敦，地山已先我数日来到。他是在美国得了硕士学位，再到牛津继续研究他的比较宗教学的；还未开学，所以先在伦敦住几天，我和他住在了一处。他正用一本中国小商店里用的粗纸账本写小说，那时节，我对文艺还没有发生什么兴趣，所以就没大注意他写的是哪一篇。几天的工夫，他带着我到城里城外玩耍，把伦敦看了一个大概。地山喜欢历史，对宗教有多年的研究，对古生物学有浓厚的兴趣。由他领着逛伦敦，是多么有趣、有益的事呢！同时，他绝对不是"月亮也是外国的好"的那种留学生。说真的，他有时候过火的厌恶外国人。因为要批判英国人，他甚至于连英国人有礼貌，守秩序，和什么喝汤不准出响声，都看成愚蠢可笑的事。因此，我一到伦敦，就借着他的眼睛看到那古城的许多宝物，也看到它那阴暗的一方面，而不至胡胡涂涂的断定伦敦的月亮比北平的好了。

不久，他到牛津去入学。暑假寒假中，他必到伦敦来玩几天。"玩"这个字，在这里，用得很妥当，又不很妥当。当他遇到朋友的时候，他就忘了自己：朋友们说怎样，他总不驳回。去到东伦敦买黄花木耳，大家作些中国饭吃？好！去逛动物园？好！玩扑克牌？好！他似乎永远没有忧郁，永远不会说"不"。不过，最好还是请他闲扯。据我所知道的，除各种宗教的研究而外，他还研究人学、民俗学、文学、考古学；他认识古代钱币，能鉴别古画，学过梵文与巴利文。请他闲扯，他就能——举个例说——由男女恋爱扯到中古的禁欲主义，再扯到原始时代的男女关系。他的故事多书本上的佐证也丰富。他的话一会儿低降到贩夫走卒的俗野，一会儿高飞到学者的深刻高明。他谈一整天并不倦容，大家听一天也不感疲倦。

不过，你不要让他独自溜出去。他独自出去，不是到博物院，必是入图书馆。一进去，他就忘了出来。有一次，在上午八九点钟，我在东方学院的图书馆楼上发现了他。到吃午饭的时候，我去唤他，他不动。一直到下午五点，他才出来，还是因为图书馆已到关门的时间的原故。找到了我，他不住的喊"饿"，是啊,他已饿了十点钟。在这种时节,"玩"字是用不得的。

牛津不承认他的美国的硕士学位,所以他须花二年的时光再考硕士。他的论文是法华经的介绍,在预备这本论文的时候,他还写了一篇相当长的文章,在世界基督教大会(?)上去宣读。这篇文章的内容是介绍道教。在一般的浮浅传教师心里,中国的佛教与道教不过是与非洲黑人或美洲红人所信的原始宗教差不多。地山这篇文章使他们闻所未闻,而且得到不少宗教学学者的称赞。

他得到牛津的硕士。假若他能继续住二年,他必能得到文学博士——最荣誉的学位。论文是不成问题的,他能于很短的期间预备好。但是,他必须再住二年;校规如此,不能变更。他没有住下去的钱,朋友们也不能帮助他。他只好以硕士为满意,而离开英国。

在他离英以前,我已试写小说。我没有一点自信心,而他又没工夫替我看看。我只能抓着机会给他朗读一两段。听过了几段,他说:"可以,往下写吧!"这,增多了我的勇气。他的文艺意见,在那时候,仿佛是偏重于风格与情调;他自己的作品都多个有些传奇的气息,他所喜爱的作品也差不多都是浪漫派的。他的家世,他的在南洋的经验,他的旧文学的修养,他的喜研究学问而又不忍放弃文艺的态度,和他自己的生活方式,我想,大概都使他倾向着浪漫主义。

单说:他的生活方式吧。我不相信他有什么宗教的信仰,虽然他对宗教有深刻的研究,可是,我也不敢说宗教对他完全没有影响。他的言谈举止都像个诗人。假若把"诗人"按照世俗的解释从他的生活中发展起来,他就应当有很古怪奇特的行动与行为。但是,他并没作过什么怪事。他明明知道某某人对他不起,或是知道某某人的毛病,他仍然是一团和气,以朋友相待。他不会发脾气。在他的嘴里,有时候是乱扯一阵,可是他的私生活是很严肃的,他既是诗人,又是"俗"人。为了读书,他可以忘了吃饭。但一讲到吃饭,他却又不惜花钱。他并不孤高自赏。对于衣食住行他都有自己的主张,可是假若别人喜欢,他也不便固执己见。他能过很苦的日子。在我初认识他的几年中,他的饭食与衣服都是极简单朴俭。他结婚后,我到北平去看他,他的住屋衣服都相当讲究了。也许是为了家庭间的和美,他不便于坚持己见吧。虽然由破夏布褂子换为整齐的绫罗大衫,他的脱口而出的笑话与戏谑还完全是他,一点也没改。穿什么,吃什么,他仿佛都能随遇而安,无所不可。在这里和在其他的好多地方,他似乎受佛教的影响较基督教的为多,虽然他是在神学系毕业,而且也常去作礼拜。他像个禅宗的居士,而绝不能成为一个清教徒。

不但亲戚朋友能影响他,就是不相识而偶然接触的人也能临时的左右他。有一次,我在"家"里,他到伦敦城里去干些什么。日落时,他回来了,进门便笑,而且不住的摸他的刚刚刮过的脸。我莫名其妙。他又笑了一阵。"教理发匠挣去两镑多!"我吃了一惊。那时候,在伦敦理发普通是八个便士,理发带刮脸也不过是一个先令,"怎能花两镑多呢?"原来是理发匠问他什么,他便答应什么,于是用香油香水洗了头,电气刮了脸,还不得用两镑多么?他绝想不起那样打扮自己,但是理发匠的钱罐是不能驳回的!

自从他到香港大学任事,我们没有会过面,也没有通过信;我知道他不喜欢写信,所以也就不写给他。抗战后,为了香港"文协"分会的事,我不能不写信给他了,仍然没有回信。可是,我准知道,信虽没来,事情可是必定办了。果然,从分会的报告和友人的函件中,我晓得了他是极热心会务的一员。我不能希望他按时回答我的信,可是我深信他必对分会卖力气,他是个极随便而又极不随便的人,我知道。

我自己没有学问,不能妥切的道出地山在学术上的成就何如。我只知道,他极用功,读书很多,这就值得钦佩,值得效法。对文艺,我没有什么高明的见解,所以不敢批评地山的作品。但是我晓得,他向来没有争过稿费,或恶意的批评过谁。这一点,不但使他能在香港"文协"分会以老大哥的身分德望去推动会务,而且在全国文艺界的团结上也有重大的作用。

是的,地山的死是学术界文艺界的极重大的损失!至于谈到他与我私人的关系,我只有落泪了;他既是我的"师",又是我的好友!

啊,地山!你记得给我开的那张"佛学入门必读书"的单子吗?你用功,也希望我用功;可是那张单子上的六十几部书,到如今我一部也没有读啊!

你记得给我打电报,叫我到济南车站去接周校长①吗?多么有趣的电报啊!知道我不认识她,所以你教她穿了黑色旗袍,而电文是:"×日×时到站接黑衫女"!当我和妻接到黑衫女的时候,我们都笑得闭不上口啊。朋友,你托友好作一件事,都是那样有风趣啊!啊,昔日的趣事都变成今日的泪源。你怎可以死呢!

不能再往下写了……

---

① 周校长,即许地山夫人的妹妹。

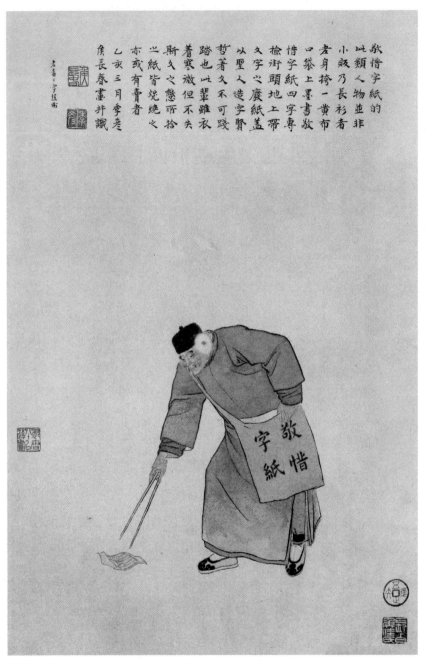

敬惜字纸的此類人物並非小販乃長衫者老身挎一黄布口袋上墨書敬惜字紙四字專惜字紙榆街頭地上帶文字之廢紙蓋以聖人造字賢哲著文不可踐踏也此輩雖衣著寒微但不失斯文之態所拾山紙皆焚燒之亦或有賣者乙亥三月李毅庸長春畫并識

敬惜字纸的

　　身挎一个黄布口袋，上面墨书"敬惜字纸"四个字，专捡街头地上带字的废纸，因为"字"是圣人造的，"文"是贤哲著的，不能用脚践踏。为了宣传这种规矩、道理，便身体力行地捡字纸。这样的人虽然衣着寒微，但不失斯文之态。所捡之纸都烧掉，或有卖掉的。

鲁迅先生逝世两周年纪念

　　我所认识的鲁迅先生，是从他的著作中见到的，我没有与他会过面。当鲁迅先生创造出阿Q的时候，我还没想到到文艺界来作一名小卒，所以就没有访问求教的机会与动机。及至先生住沪，我又不喜到上海去，故又难得相见。四年前的初秋，我到上海，朋友们约我吃饭，也约先生来谈谈。可是，先生的信须由一家书店转递；他第二天派人送来信，说：昨天的信送到的太晚了。我匆匆北返，二年的工夫没能再到上海，与先生见面的机会遂永远失掉！

　　在一本什么文学史中（书名与著者都想不起来了），有大意是这样的一句话："鲁迅自成一家，后起摹拟者有老舍等人。"这话说得对，也不对。不对，因为我是读了些英国的文艺之后，才决定也来试试自己的笔，狄更斯是我在那时候最爱读的，下至于乌德豪司①与哲扣布②也都使我欣喜。这就难怪我一拿笔，便向幽默这边滑下来了。对，因为像阿Q那样的作品，后起的作家们简直没法不受他的影响；即使在文学与思想

---

　　①　乌德豪司，即沃德豪斯（1881—1975），英国小说家、抒情诗人和剧作家。

　　②　哲扣布，即雅各布斯（1854—1916），著有《英国童话》等。

上不便去摹仿，可是至少也要得到一些启示与灵感。它的影响是普遍的。一个后起的作家，尽管说他有他自己的创作的路子，可是他良心上必定承认他欠鲁迅先生一笔债。鲁迅先生的短文与小说才真使新文艺站住了脚，能与旧文艺对抗。这样，有人说我是"鲁迅派"，我当然不愿承认，可是决不肯昧着良心否认阿 Q 的作者的伟大，与其作品的影响的普遍。

我没见过鲁迅先生，只能就着他的著作去认识他，可是现在手中连一本书也没有！不能引证什么了，凭他所给我的印象来作这篇纪念文字吧。这当然不会精密，容或还有很大的错误，可是一个人的著作能给读者以极强极深的印象，即使其中有不尽妥确之处，是多么不容易呢！看了泰山的人，不一定就认识泰山，但是泰山的高伟是他毕生所不能忘记的，他所看错的几点，并无害于泰山的伟大。

看看《鲁迅全集》的目录，大概就没人敢说：这不是个渊博的人。可是渊博二字还不是对鲁迅先生的恰好的赞词。学问渊博并不见得必是幸福。有的人，正因其渊博，博览群籍，出经入史，所以他反倒不敢道出自己的意见与主张，而取着述而不作的态度。这种人好像博物院的看守者，只能保守，而无所施展。有的人，因为对某种学问或艺术的精究博览，就慢慢的摆出学者的架子，把自己所知的那些视为研究的至上品，此外别无他物，值得探讨，自己的心得是前无古人，后无来者；假若他也喜创作的话，他必是从他所阅览过的作品中，求字字句句有出处，有根据；他"作"而不"创"。他牺牲在研究中，而且牺牲得冤枉。让我们看看鲁迅先生吧。在文艺上，他博通古今中外，可是这些学问并没把他吓住。他写古文古诗写得极好，可并不尊唐或崇汉，把自己放在某派某宗里去，以自尊自限。古体的东西他能作，新的文艺无论在理论上与实验上，他又都站在最前面；他不以对旧物的探索而阻碍对新物的创造。他对什么都有研究的趣味，而永远不被任何东西迷住心。他随时研究，随时判断。他的判断力使他无论对旧学问或新知识都敢说话。他的话，不是学究的掉书袋，而是准确的指示给人们以继续研讨的道路。

学问比他更渊博的，以前有过，以后还有；像他这样把一时代治学的方法都抓住，左右逢源的随时随事都立在领导的地位，恐怕一个世纪也难见到一两位吧。吸收了"五四"运动的"从新估价"的精神，他疑古反古，把每时代的东西还给每时代。博览了东西洋的文艺，他从事翻译与创作。他疑古，他也首创，他能写极好的古体诗文，也热烈的拥护新文艺，并且牵引着它前进。他是这一时代的纪念碑。在文艺上，事事他关心，事事他有很高的成就。天才比他小一点的，努力比他少一点的，只能循着一条路线前进，或精于古，或专于新；他却像十字路口的警察，指挥着全部交通。在某一点上，有人能突破他的记录，可是有谁敢和他比比"全能"比赛呢！

也许有人会说：在文艺理论方面，鲁迅先生只尽了介绍的责任，并未曾建设出他自己的有系统的学说；而且所介绍的也显着杂乱不纯。假若这话是对的，就请想想看吧；批判别人的时候，不是往往忘却别人的努力，而老嫌人家作得不够吗？设若能看到这一点，我们不是应当看看自己，我们自己假如也把研究、创作、翻译，同时并作，像鲁迅先生那样，我们的成绩又能有多少呢？我们就是对于一位圣人，也应不客气的批评，可是我们也应当晓得批评不仅是发威，而是于批评中，取得被批评者的最良最崇高的精神，以自策自励。鲁迅先生能于整理国故而外,去介绍,去翻译,就已经是难能可贵的事。一个人的精力与天才永远不能完全与他的志愿与计划相配合, 人生最大的苦痛啊! 只有明知这苦痛是越来越深,而杀上前去,以身殉志的,才是英雄。鲁迅先生的精神便是永远不屈不挠,不自满,不自馁。鲁迅先生的精神能以不死,那就靠后起者也能死而后已的继续努力。抓住一位英雄的弱点以开心自慰,既无损于英雄,又无益于自己,何苦来呢!

还有人也许说,鲁迅先生的后期著作,只是一些小品文,未免可惜,假若他能闭户写作,不问外面的事,也许能写出比阿 Q 更伟大的东西,岂不更好?

是的,鲁迅先生也许能那样的写出更伟大的作品。可是,那就不成其为鲁迅先生了。希望鲁迅先生去专心著作的人,虽然用着惋惜的语调,可是心中实在暗暗的不满意!不满意他因爱护青年,帮忙青年,而用去许多时间;不满意他因好管闲事而浪费了许多笔墨。

我不晓得假若鲁迅先生关上屋门,立志写伟大的作品,能够有什么贡献;我不喜猜想。我却准知道鲁迅先生的爱护青年与好管闲事是值得钦佩的事,他有颗纯洁的心,能接近青年;他有奋斗的怒火,去管闲事。是的,先生的爱护青年,有时候近于溺爱了;可是佛连一个蚂蚁也爱呢!母亲的伟大往往使她溺爱儿女;这只有母亲自己晓得其中的意义,旁观者只能表示惋惜与不满,因为旁观者不是母亲,也就代替不了母亲,明白不了母亲,自己不是母亲,没有慈心,觉得青年们都应该严加管束,把青年们管束得像羊羔一样老实,长者才可逍遥自在的为所欲为。为长者计,这实在是不错的办法。可是,青年呢?长者的聪明往往把"将来"带到自己的棺材里去,青年成了殉葬者。

鲁迅先生不是这样的长者,他宁可少写些文章,而替青年们看稿子;他宁可少享受一些,而替青年们掏钱印书,他提拔青年,因为他不肯只为自己的不朽,而把青年们活埋了。这也许是很傻的事吧?可是最智慧的人似乎都有点傻气。

至于爱管闲事,的确使鲁迅先生得罪了不少的人。他的不留情的讽刺讥骂,实在使长者们难堪,因此也就要不得。中国人不会愤怒,也不喜别人挂火,而鲁迅先生却是最会挂火的人。假若他活到今日,我想他必不会老老实实的住在上海,而必定用他的笔时时刺着那些不会怒,不肯牺牲的人们的心。在长者们,也许暗中说句:"幸而那个家伙死了。"可是,我们上哪里去找另一个鲁迅呢? 我们自惭;自惭假若没有多少用处,让我们在纪念鲁迅先生的时候,挺起我们的胸来吧!

只写了些小品文吗?据我看,鲁迅先生的最大成就便是小品文。我敢说,他的学问限制不了后起者的更进一步,他的小说也拦不住后起者的猛进直前。小品文,在五十年内恐怕没有第二把手,来与他争光。他会怒,越怒,文字越好。文字容易摹仿,怒火可是不易借来。他的旧学问好,新知识广博,他能由旧而新,随手拾掇极精确的字与词,得到惊人的效果。你只能摘用他所用过的,而不易像他那样把新旧的工具都搬来应用,用创造的能力把古今的距离缩短,而成为他独有的东西。他长于古文古诗,又博览东西的文艺,所以他会把最简单的言语(中国话),调动得(极难调动)迭宕多姿,永远新鲜,永远清晰,永远软中透硬,永远厉害而不粗鄙。他以最大的力量,把感情、思想、文字,容纳在一两千字里,像块玲珑的瘦石,而有手榴弹的作用。只写了些短文么?啊,这是前无古人,恐怕也是后无来者的,文艺建设!

　　燃起我们的怒火吧,青年!以学识,以正义感,以最有力的文字,尽力于抗战建国的事业吧!在抗战中纪念鲁迅先生,我们必须有这个决心!

英国人

据我看，一个人即使承认英国人民有许多好处，大概也不会因为这个而乐意和他们交朋友。自然，一个有金钱与地位的人，走到哪里也会受欢迎；不过，在英国也比在别国多些限制。比如以地位说吧，假如一个作讲师或助教的，要是到了德国或法国，一定会有些人称呼他"教授"。不管是出于诚心吧，还是捧场；反正这是承认教师有相当的地位，是很显然的，在英国，除非他真正是位教授，绝不会有人来招呼他。而且，这位教授假若不是牛津或剑桥的，也就还差点劲儿。贵族也是如此，似乎只有英国国产贵族才能算数儿。

至于一个平常人，尽管在伦敦或其他的地方住上十年八载，也未必能交上一个朋友。是的，我们必须先交代明白，在资本主义的社会里，大家一天到晚为生活而奔忙，实在找不出闲工夫去交朋友；欧西各国都是如此，英国并非例外。不过，即使我们承认这个，可是英国人还有些特别的地方，使他们更难接近。一个法国人见着个生人，能够非常的亲热，越是因为这个生人的法国话讲得不好，他才越愿指导他。英国人呢，他以为天下没有会讲英语的，除了他们自己，他干脆不愿答理一个生人。一个英国人想不到一个生人可以不明白英国的规矩，而是一见到生人说话行动有不对的地方，马上认为这个人是野蛮，

冬日兒童於朝陽
避風之牆壁前取
雞毛尾翎以手頻
頻拂捋致生靜電
以指近之則相吸
附兒童道雞毛你
看家我上
南邊採梅花一朵
梅花沒採了你花
十個我花仁低頭
揚頭在邊右邊看
家去唄言罷將雞
毛拋出鷄毛隨即
吸附墙上
辛巳歲梢俟長春
畫此并記

雞毛鷄毛你看家

鸡毛鸡毛　你看家

　　冬日，儿童于朝阳避风之墙壁前取鸡毛尾翎，以手频频拂捋，致生静电，以指近之则相吸附。儿童边以手拂弄，口中唱道："鸡毛、鸡毛你看家，我上南边采梅花，一朵梅花没采了，你花十个我花仁；低头、扬头，左边、右边，看家去唄。"言罢，将鸡毛抛出，鸡毛随即吸附墙上。

不屑于再招呼他。英国的规矩又偏偏是那么多!他不能想像到别人可以没有这些规矩,而另有一套;不,英国的是一切;设若别处没有那么多的雾,那根本不能算作真正的天气!

除了规矩而外,英国人还有好多不许说的事:家中的事,个人的职业与收入,通通不许说,除非彼此是极亲近的人。一个住在英国的客人,第一要学会那套规矩,第二要别乱打听事儿,第三别谈政治,那么,大家只好谈天气了,而天气又是那么不得人心。自然,英国人很有的说,假若他愿意;他可以讲论赛马、足球、养狗、高尔夫球等等;可是咱又许不大晓得这些事儿。结果呢,只好对楞着。对了,还有宗教呢,这也最好不谈。每个英国人有他自己开阔的到天堂之路,乘早儿不用惹麻烦。连书籍最好也不谈,一般的说,英国人的读书能力与兴趣远不及法国人。能念几本书的差不多就得属于中等阶级,自然我们所愿与谈论书籍的至少是这路人。这路人比谁的成见都大,那么与他们闲话书籍也是自找无趣的事。多数的中等人拿读书——自然是指小说了——当作一种自己生活理想的佐证。一个普通的少女,长得有个模样,嫁了个驶汽车的;在结婚之夕才证实了,他原来是个贵族,而且承袭了楼上有鬼的旧宫,专是壁上的挂图就值多少百万!读惯这种书的,当然很难想到别的事儿,与他们谈论书籍和捣乱大概没有甚么分别。中上的人自然有些识见了,可是很难遇到啊。况且有些识见的英国人,根本在英国就不大被人看得起;他们连拜伦、雪莱、和王尔德还都逐出国外去,我们想跟这样人交朋友——即使有机会——无疑的也会被看作成怪物的。

我真想不出,彼此不能交谈,怎能成为朋友。自然,也许有人说:不常交谈,那么遇到有事需要彼此的帮忙,便丁对丁,卯对卯的去办好了;彼此有了这样干脆了当的交涉与接触,也能成为朋友,不是吗?是的,求人帮助是必不可免的事,就是在英国也是如是;不过英国人的脾气还是以能不求人为最好。他们的脾气即是这样,他们不求你,你也就不好意思求他了。多数的英国人愿当鲁滨孙,万事不求人。于是他们对别人也就不愿多伸手管事。况且,他们即使愿意帮忙你,他们是那样的沉默简单,事情是给你办了,可是交情仍然谈不到。当一个英国人答应了你办一件事,他必定给你办到。可是,跟他上火车一样,非到车已要开了,他不露面。你别去催他,他有他的稳当劲儿。等办完了事,他还是不理你,直等到你去谢谢他,他才微笑一笑。到底还是交不上朋友,无论你怎样上前巴结。假若你一个劲儿奉承他或讨他的好,他也许告诉你:"请少来吧,我忙!"这自然不是说,英国就没有一个和气的人。不,绝不是。一个和气的英国人可以说是最有礼貌,最有心路,最体面的人。不过,他的好处只能使你钦佩他,他有好些地方使人不便和他套交情。他的礼貌与体面是一种武器,使人不敢离他太近了。就是顶和气的英国人,也比别人端庄的多;他不喜欢法国式的亲热——你可以看见两个法国男人互吻,可是很少见一个英国人把手放在另一个英国人的肩上,或搂着脖儿。两个很要好的女友在一块儿吃饭,设若有一个因为点儿原故而想把自己的菜让给友人一点,你必会听到那个女友说:"这不是羞辱我吗?"男人就根本不办这样的傻事。是呀,男人对于让酒让烟是极普遍的事,可是只限于烟酒,他们不会肥马轻裘与友共之。

这样讲,好像英国人太别扭了。别扭,不错;可是他们也有好处。你可以永远不与他们交朋友,但你不能不佩服他们。事情都是两面的。英国人不愿轻易替别人出力,他可也不来讨厌你呀。他的确非常高傲,可是你要是也沉住了气,他便要佩服你。一般的说,英国人很正直。他们并不因为自傲而蛮不讲理。对于一个英国人,你要先估量估量他的身份,再看看你自己的价值,他要是像块石头,你顶好像块大理石;硬碰硬,而你比他更硬。他会承认他的弱点。他能够很体谅人,很大方,但是他不愿露出来;你对他也顶好这样。设若你准知道他要向灯,你就顶好也先向灯,他自然会向火;他喜欢表示自己有独立的意见。他的意见可老是意见,假若你说得有理,到办事的时候他会牺牲自己的意见,而应怎么办就怎么办。你必须知道,他的态度虽是那么沉默孤高,像有心事的老驴似的,可是他心中很能幽默一气。他不轻易向人表示亲热,可也不轻易生气,到他说不过你的时候,他会以一笑了之。这点幽默劲儿使英国人几乎成为可爱的了。他没火气,他不吹牛,虽然他很自傲自尊。

所以,假若英国人成不了你的朋友,他们可是很好相处。他们该办什么就办什么,不必你去套交情;他们不因私交而改变作事该有的态度。他们的自傲使他们对人冷淡,可是也使他们自重。他们的正直使他们对人不客气,可也使他们对事认真。你不能拿他当作吃喝不分的朋友,可是一定能拿他当个很好的公民或办事人。就是他的幽默也不低级讨厌,幽默助成他作个贞脱儿曼①,不是弄鬼脸逗笑。他并不老实,可是他大方。

他们不爱着急,所以也不好讲理想。胖子不是一口吃起来的,乌托邦也不是一步就走到的。往坏了说,他们只顾眼前;往好里说,他们不乌烟瘴气。他们不爱听世界大同,四海兄弟,或那顶大顶大的计划。他们愿一步一步慢慢的走,走到哪里算哪

---

① 贞脱儿曼,即gentleman,译为绅士。

里。成功呢,好;失败呢,再干。英国兵不怕打败仗。英国的一切都好像是在那儿敷衍呢,可是他们在各种事业上并不是不求进步。这种骑马找马的办法常常使人以为他们是狡猾,或守旧;狡猾容或有之,守旧也是真的,可是英国人不在乎,他有他的主意。他深信常识是最可宝贵的,慢慢走着瞧吧。萧伯纳可以把他们骂得狗血喷头,可是他们会说:"他是爱尔兰的呀!"他们会随着萧伯纳笑他们自己,但他们到底是他们——萧伯纳连一点办法也没有!

这些,可只是个简单的,大概的,一点由观察得来的印象。一般的说,也许大致不错;应用到某一种或某一个英国人身上,必定有许多欠妥当的地方。概括的论断总是免不了危险的。

我的几个房东

初到伦敦,经艾温士教授的介绍,住在了离"城"有十多英里的一个人家里。房主人是两位老姑娘。大姑娘有点傻气,腿上常闹湿气,所以身心都不大有用。家务统由妹妹操持,她勤苦诚实,且受过相当的教育。

她们的父亲是开面包房的,死后,把面包房给了儿子,给二女一人一处小房子。她们卖出一所,把钱存在银行生息。其余的一所,就由她们合住。妹妹本可以去作,也真作过,家庭教师。可是因为姐姐需人照管,所以不出去作事,而把楼上的两间屋子租给单身的男人,进些租金。这给妹妹许多工作,她得给大家作早餐晚饭,得上街买东西,得收拾房间,得给大家洗小衣裳,得记账。这些,已足使任何一个女子累得喘不过气来。可是她于这些工作外,还得答复朋友的信,读一两段圣经,和作些针线。

她这种勤苦忠诚,倒还不是我所佩服的。我真佩服她那点独立的精神。她的哥开着面包房,到圣诞节才送给妹妹一块大鸡蛋糕!她决不去求他的帮助,就是对那一块大鸡蛋糕,她也马上还礼,送给她哥一点有用的小物件。当我快回国时去看她,她的背已很弯,发也有些白的了。

自然,这种独立的精神是由资本主义的社会制度逼出来的,可是,我到底不能不佩服她。

在她那里住过一冬,我搬到伦敦的西部去。这回是与一个叫艾支顿的合租一层楼。所以事实上我所要说的是这个艾支顿——称他为二房东都勉强一些——而不是真正的房东。我与他一气在那里住了三年。

这个人的父亲是牧师,他自己可不信宗教。当他很年轻的时候,他和一个女子由家中逃出来,在伦敦结了婚,生了三四个小孩。他有相当的聪明,好读书。专就文字方面上说,他会拉丁文,希腊文,德文,法文,程度都不坏。英文,他写得非常的漂亮。他作过一两本讲教育的书,即使内容上不怎样,他的文字之美是公认的事实。我愿意同他住在一处,差不多是为学些地道好英文。在大战时,他去投军。因为心脏弱,报不上名。他硬挤了进去。见到了军官,凭他的谈吐与学识,自然不会被叉去帐外。一来二去,他升到中校,差不多等于中国的旅长了。

战后,他拿了一笔不小的遣散费,回到伦敦,重整旧业,他又去教书。为充实学识,还到过维也纳听弗洛衣德①的心理学。后来就在牛津的补习学校教书。这个学校是为工人们预备的,仿佛有点像国内的暑期学校,不过目的不在补习升学的功课。作这种学校的教员,自然没有什么地位,可是实利上并不坏:一年只作半年的事,薪水也并不很低。这个,大概是他的黄金"时代"。以身份言,中校;以学识言,有著作;以生活言,有个清闲舒服的事情。

也正是在这个时候,他和一位美国女子发生了恋爱。她出

---

① 弗洛衣德,即弗洛伊德(1856—1939),奥地利心理学家,著有《梦的解析》等。

自名家,有硕士的学位。来伦敦游玩,遇上了他。她的学识正好补足他的,她是学经济的;他在补习学校演讲关于经济的问题,她就给他预备稿子。

他的夫人告了。离婚案刚一提到法厅,补习学校便免了他的职。这种案子在牛津与剑桥还是闹不得的!离婚案成立,他得到自由,但须按月供给夫人一些钱。

在我遇到他的时候,他正极狼狈。自己没有事,除了夫妇的花销,还得供给原配。幸而硕士找到了事,两份儿家都由她支持着。他空有学问,找不到事。可是两家的感情渐渐的改善,两位夫人见了面,他每月给第一位夫人送钱也是亲自去,他的女儿也肯来找他。这个,可救不了穷。穷,他还很会花钱。作过几年军官,他挥霍惯了。钱一到他手里便不会老实。他爱买书,爱吸好烟,有时候还得喝一盅。我在东方学院见了他,他到那里学华语;不知他怎么弄到手里几镑钱。便出了这个主意。见到我,他说彼此交换知识,我多教他些中文,他教我些英文,岂不甚好?为学习的方便,顶好是住在一处,假若我出房钱,他就供给我饭食。我点了头,他便找了房。

艾支顿夫人真可怜。她早晨起来,便得作好早饭。吃完,她急忙去作工,拚命的追公共汽车;永远不等车站稳就跳上去,有时把腿碰得紫里蒿青。五点下工,又得给我们作晚饭。她的烹调本事不算高明,我两一有点不爱吃的表示,她便立刻泪在眼眶里转。有时候,艾支顿卖了一本旧书或一张画,手中摸着点钱,笑着请我们出去吃一顿。有时候我看她太疲乏了,就请他俩吃顿中国饭。在这种时节,她喜欢得像小孩子似的。

他的朋友多数和他的情形差不多。我还记得几位:有一位是个年轻的工人,谈吐很好,可是时常失业,一点也不是他的错儿，怎奈工厂时开时闭。他自然的是个社会主义者，每逢来看艾支顿，他俩便粗着脖子红着脸的争辩。艾支顿也很有口才，不过与其说他是为政治主张而争辩，还不如说是为争辩而争辩。还有一位小老头也常来，他顶可爱。德文，意大利文，西班牙文，他都能读能写能讲，但是找不到事作；闲着没事，他只为一家磁砖厂吃喝买卖，拿一点扣头。另一位老者，常上我们这一带来给人家擦玻璃，也是我们的朋友。这个老头是位博士。赶上我们在家，他便一边擦着玻璃，一边和我们讨论文学与哲学。孔子的哲学，泰戈尔的诗，他都读过，不用说西方的作家了。

只提这么三位吧，在他们的身上使我感到工商资本主义的社会的崩溃与罪恶。他们都有知识，有能力，可是被那个社会制度捆住了手，使他们抓不到面包。成千论万的人是这样，而且有远不及他们三个的！找个事情真比登天还难！

艾支顿一直闲了三年。我们那层楼的租约是三年为限。住满了，房东要加租，我们就分离开，因为再找那样便宜，和恰好够三个人住的房子，是大不容易的。虽然不在一块儿住了，可是还时常见面。艾支顿只要手里有够看电影的钱，便立刻打电话请我去看电影。即使一个礼拜，他的手中彻底的空空如也，他也会约我到家里去吃一顿饭。自然，我去的时候也老给他们买些东西。这一点上，他不像普通的英国人，他好请朋友，也很坦然的接受朋友的约请与馈赠。有许多地方，他都带出点浪漫劲儿，但他到底是个英国人，不能完全放弃绅士的气派。

直到我回国的时际，他才找到了事——在一家大书局里作顾问，荐举大陆上与美国的书籍，经书局核准，他再找人去翻译或——若是美国的书——出英国版。我离开英国后，听说他已被那个书局聘为编辑员。

离开他们夫妇，我住了半年的公寓，不便细说；房东与房客除了交租金时见一面，没有一点别的关系。在公寓里，晚饭得出去吃，既费钱，又麻烦，所以我又去找房间。这回是在伦敦南部找到一间房子，房东是老夫妇，带着个女儿。

这个老头儿——达尔曼先生——是干什么的，至今我还不清楚。一来我只在那儿住了半年，二来英国人不喜欢谈私事，三来达尔曼先生不爱说话，所以我始终没得机会打听。偶尔由老夫妇谈话中听到一两句，仿佛他是木器行的，专给人家设计作家具。他身边常带着尺。但是我不敢说肯定的话。

半年的工夫，我听熟了他三段话——他不大爱说话，但是一高兴就离不开这三段，像留声机片似的，永远不改。第一段是贵族巴来，由非洲弄来的钻石，一小铁筒一小铁筒的！每一块上都有个记号！第二段是他作过两次陪审员，非常的光荣！第三段是大战时，一个伤兵没能给一个军官行礼，被军官打了一拳。及至看明了那是个伤兵，军官跑得比兔子还快；不然的话，非教街上的给打死不可！

除了这三段而外，假若他还有什么说的，便是重述《晨报》上的消息与意见。凡是《晨报》所说的都对！

这个老头儿是地道英国的小市民，有房，有点积蓄，勤苦，干净，什么也不知道，只晓得自己的工作是神圣的，英国人是世界上最好的人。

达尔曼太太是女性的达尔曼太太，她的意见不但得自《晨报》，而且是由达尔曼先生口中念出的那几段《晨报》，她没工夫自己去看报。

达尔曼姑娘只看《晨报》上的广告。有一回，或者是因为看我老拿着本书,她向我借一本小说。随手的我给了她一本威尔思的幽默故事。念了一段,她的脸都气紫了!我赶紧出去在报摊上给她找了本六个便士的罗曼司,内容大概是一个女招待嫁了个男招待,后来才发现这个男招待是位伯爵的承继人。这本小书使她对我又有了笑脸。

她没事作,所以在分类广告上登了一小段广告——教授跳舞。她的技术如何,我不晓得,不过她声明愿减收半费教给我的时候,我没出声。把知识变成金钱,是她,和一切小市民的格言。

她有点苦闷,没有男朋友约她出去玩耍,往往吃完晚饭便假装头疼,跑到楼上去睡觉。婚姻问题在那经济不景气的国度里,真是个没法办的问题。我看她恐怕要窝在家里!"房东太太的女儿"往往成为留学生的夫人,这是留什么外史一类小说的好材料;其实,里面的意义并不止是留学生的荒唐呀。

自传难写

　　自古道：今儿个晚上脱了鞋，不知明日穿不穿；天有不测的风云啊！为留名千古，似应早早写下自传；自己不传，而等别人偏劳，谈何容易！以我自己说吧，眼看就快四十了，万一在最近的将来有个山高水远，还没写下自传，岂不是大大的一个缺憾?!

　　可是，说起来就有点难受。自传不难哪，自要有好材料。材料好办；"好材料"，哼，难！自传的头一章是不是应当叙说家庭族系等等？自然是。人由何处生，水从哪儿来，总得说个分明。依写传的惯例说，得略述五千年前的祖宗是纯粹"国种"，然后详道上三辈的官衔，功德，与著作。至少也得来个"清封大夫"的父亲，与"出自名门"的母亲。没有这么适合体裁的双亲，写出去岂不叫人笑掉门牙！您看，这一招儿就把咱撅个对头弯；咱没有这种父母，而且准知道五千年前的祖宗不见得比我高明。好意思大书特书"清封普罗大夫"，与"出自不名之门"么？就是有这个勇气，也危险呀：普罗大夫之子共党耳，推出斩首，岂不糟了?!英雄不怕出身低，可也得先变成英雄啊。汉刘邦是小小的亭长，淮阴侯也讨过饭吃，可是人家都成了英雄，自然有人捧场喝彩。咱是不是英雄？对镜审查，不大像！

　　自传的头一章根本没着落。

抓周儿

小儿周岁时
罗陈笔墨书
卷算盘工具
玩物食品等
物於桌上任
小儿自取大
人则观其先
抓何物以来
为日成事之
谶此俗自宋
代即为育儿
之盛礼也
辛巳岁除日
侯长春重并
识於北京

来为之字题剑

抓周儿

　　小儿周岁时，罗陈笔墨、书卷、算盘、工具、玩具、食品等物于桌上，任小儿自取。大人则观其先抓何物，以来日为成事之谶（预兆）。此俗自宋代即为育儿之盛礼也。

再说第二章吧。这儿应说怎么降生：怎么在胎中多住了三个多月，怎么产房闹妖精，怎么天上落星星，怎么生下来啼声如豹，怎么左手拿着块现洋……我细问过母亲，这些事一概没有。母亲只说：生下来奶不足，常贴吃糕干——所以到如今还有时候一阵阵的发糊涂。

第二章又可以休矣。

第三章得说幼年入学的光景喽。"幼怀大志，寡言笑，囊萤刺股……"这多么好听！可是咱呢，不记得有过大志，而是见别人吃糖馅烧饼就馋得慌——到如今也没完全改掉。逃学的事倒不常干。而挨手板与罚跪说起来似乎并不光荣。第三章，即使勉强写出，也不体面。

没有前三章，只好由第四章写了，先不管有这样的书没有。这一章应写青春时期。更难下笔。假如专为泄气，又何必自传；当然得吹腾着点儿。事情就奇怪，想吹都吹不起来。人家牛顿先生看苹果落地就想起那么多典故来，我看见苹果落地——不，不等它落地就摘下来往嘴里送。青春时期如此，现在也没长进多少，不但没作过惊天动地的事，而且没有存过惊天动地的心。偶尔大喊一声，天并不惊；跺地两脚，地也不动。第四章又是糖心的炸弹，没响儿！

以下就不用说了，伤心！

自传呢，下世再说。好在马上为善，或者还不太晚，多积点阴功，下辈子咱也生在贵族之家，专是自传的第一章就能写八万字。气死无数小布尔乔亚。等着吧，这个事是急不得的。

小型的复活（自传之一）

"二十三，罗成关。"

二十三岁那一年的确是我的一关，几乎没有闯过去。

从生理上，心理上，和什么什么理上看，这句俗语确是个值得注意的警告。据一位学病理学的朋友告诉我：从十八到二十五岁这一段，最应当注意抵抗肺痨。事实上，不少人在二十三岁左右忙着大学毕业考试，同时眼睛溜着毕业即失业那个鬼影儿；两气夹攻，身体上精神上都难悠悠自得，肺病自不会不乘虚而入。

放下大学生不提，一般的来说，过了二十一岁，自然要开始收起小孩子气而想变成个大人了；有好些二十二三岁的小伙子留下小胡子玩玩，过一两星期再剃了去，即是一证。在这期间，事情得意呢，便免不得要尝尝一向认为是禁果的那些玩艺儿；既不再自居为小孩子，就该老声老气的干些老人们所玩的风流事儿了。钱是自己挣的，不花出去岂不心中闹得慌。吃烟喝酒，与穿上绸子裤褂，还都是小事；嫖嫖赌赌，才真够得上大人味儿。要是事情不得意呢，抑郁牢骚，此其时也，亦能损及健康。老实一点的人儿，即使事情得意，而又不肯瞎闹，也总会想到找个女郎，过过恋爱生活，虽然老实，到底年轻沉不住气，遇上以恋爱为游戏的女子，结婚是一堆痛苦，失恋便许自杀。

反之,天下有欠太平,顾不及来想自己,杀身成仁不甘落后,战场上的血多是这般人身上的。

可惜没有一套统计表来帮忙,我只好说就我个人的观察,这个"罗成关论"是可以立得住的。就近取譬,我至少可以抬出自己作证,虽说不上什么"科学的",但到底也不失"有这么一回"的价值。

二十三岁那年,我自己的事情,以报酬来讲,不算十分的坏。每月我可以拿到一百多块钱。十六七年前的一百块是可以当现在二百块用的;那时候还能花十二个小铜子就吃顿饱饭。我记得:一份肉丝炒三十油撕火烧,一碗馄饨带沃两个鸡子,不过是十一二个铜子就可以开付;要是预备好十五枚作饭费,那就颇可以弄一壶白干儿喝喝了。

自然那时候的中交钞票是一块当作几角用的,而月月的薪水永远不能一次拿到,于是化整为零与化圆为角的办法使我往往须当一两票当才能过得去。若是痛痛快快的发钱,而钱又是一律现洋,我想我或者早已成个"阔佬"了。

无论怎么说吧,一百多圆的薪水总没教我遇到极大的困难;当了当再赎出来,正合"裕民富国"之道,我也说不悦不怨。每逢拿到几成薪水,我便回家给母亲送一点钱去。由家里出来,我总感到世界上非常的空寂,非掏出点钱去不能把自己快乐的与世界上的某个角落发生关系。于是我去看戏,逛公园,喝酒,买"大喜"烟吃。因为看戏有了瘾,我更进一步去和友人们学几句,赶到酒酣耳热的时节,我也能喊两嗓子;好歹不管,喊喊总是痛快的。酒量不大,而颇好喝,凑上二三知己,便要上几斤;喝到大家都舌短的时候,才正爱说话,说得爽快亲热,真露出点燕赵多慷慨悲歌之士的气概来。这的确值得记住。喝醉归来,有时候把钱包手绢一齐交给洋车夫给保存着,第二日醒过来,于伤心中仍略有豪放不羁之感。

也学会了打牌。到如今我醒悟过来,我永远成不了牌油子。我不肯费心去算计,而完全浪漫的把胜负交与运气。我不看"地"上的牌,也不看上下家放的张儿,我只想象的希望来了好张子便成了清一色或是大三元。结果是回回一败涂地。认识了这一个缺欠以后,对牌便没有多大瘾了,打不打都可以;可是,在那时候我决不承认自己的牌臭,只要有人张罗,我便坐下了。

我想不起一件事比打牌更有害处的。喝多了酒可以受伤,但是刚醉过了,谁也不会马上再去饮,除非是借酒自杀的。打牌可就不然了,明知有害,还要往下干,有一个人说"再接着来",谁便也舍不得走。在这时候,人好像已被那些小块块们给迷住,冷热饥饱都不去管,把一切卫生常识全抛在一边。越打越多吃烟喝茶,越输越往上撞火。鸡鸣了,手心发热,脑子发晕,可是谁也不肯不舍命陪君子。打一通夜的麻雀,我深信,比害一场小病的损失还要大得多。但是,年轻气盛,谁管这一套呢!

我只是不嫖。无论是多么好的朋友拉我去,我没有答应过一回。我好像是保留着这么一点,以便自解自慰;什么我都可以点头,就是不能再往"那里"去;只有这样,当清夜扪心自问的时候才不至于把自己整个的放在荒唐鬼之群里边去。

可是,烟,酒,麻雀,已足使我瘦弱,痰中往往带着点血!

那时候,婚姻自由的理论刚刚被青年们认为是救世的福音,而母亲暗中给我定了亲事。为退婚,我着了很大的急。既要非作个新人物不可,又恐太伤了母亲的心,左右为难,心就绕成了一个小疙瘩。婚约到底是废除了，可是我得到了很重的病。

病的初起，我只觉得浑身发僵。洗澡，不出汗；满街去跑，不出汗。我知道要不妙。两三天下去，我服了一些成药，无效。夜间，我作了个怪梦，梦见我仿佛是已死去，可是清清楚楚的听见大家的哭声。第二天清晨，我回了家，到家便起不来了。

"先生"是位太医院的，给我下得什么药，我不晓得，我已昏迷不醒，不晓得要药方来看。等我又能下了地，我的头发已全体与我脱离关系，头光得像个磁球。半年以后，我还不敢对人脱帽，帽下空空如也。

经过这一场病，我开始检讨自己：那些嗜好必须戒除，从此要格外小心，这不是玩的！

可是，到底为什么要学这些恶嗜好呢？啊，原来是因为月间有百十块的进项，而工作又十分清闲。那么，打算要不去胡闹，必定先有些正经事作；清闲而报酬优的事情只能毁了自己。

恰巧，这时候我的上司申斥了我一顿。我便辞了差。有的人说我太负气，有的人说我被迫不能不辞职，我都不去管。我去找了个教书的地方，一月挣五十块钱。在金钱上，不用说，我受了很大的损失；在劳力上自然也要多受好多的累。可是，我很快活：我又摸着了书本，一天到晚接触的都是可爱的学生们。除了还吸烟，我把别的嗜好全自自然然的放下了。挣的钱少。做的事多，不肯花钱，也没闲工夫去花。一气便是半年，我没吃醉过一回，没摸过一次牌。累了，在校园转一转，或到运动场外看学生们打球，我的活动完全在学校里，心整，生活有规律；设若再能把烟卷扔下，而多上几次礼拜堂，我颇可以成个清教徒了。

想起来，我能活到现在，而且生活老多少有些规律，差不多全是那一"关"的劳；自然，那回要是没能走过来，可就似乎有些不妥了。"二十三，罗成关"是个值得注意的警告！

著者略历

舒舍予，字老舍，现年四十岁，面黄无须。生于北平，三岁失怙，可谓无父。志学之年，帝王不存，可谓无君。无父无君，特别孝爱老母，布尔乔亚之仁未能一扫空也。幼读三百千，不求甚解。继学师范，遂奠教书匠之基。及壮，糊口四方，教书为业，甚难发财；每购奖券，以得末彩为荣，示甘于寒贱也。二十六岁，发愤著书，科学哲学无所懂，故写小说，博大家一笑，没什么了不得。三十四岁结婚，今已有一女一男，均狡猾可喜。闲时喜养花，不得其法，每每有叶无花，亦不忍弃。书无所不读，全无所获，并不着急。教书作事，均甚认真，往往吃亏，亦不后悔。如是而已，再活四十年也许能有点出息！

著有：《老张的哲学》，《赵子曰》，《二马》，《小坡的生日》，《猫城记》，《离婚》，《赶集》，《牛天赐传》，《樱海集》，《蛤藻集》，《骆驼祥子》，《火车集》，皆小说也。当继续再写八本，凑成二十本，可以搁笔矣。散碎文字，随写随扔；偶搜汇成集，如《老舍幽默诗文集》及《老牛破车》，亦不重视之。

割盲肠记

六月初来北碚,和赵清阁先生合写剧本——《桃李春风》。剧本草成,"热气团"就来了,本想回渝,因怕遇暑而止。过午,室中热至百另三四度①,乃早五时起床,抓凉儿写小说。原拟写个中篇,约四万字。可是,越写越长,至九月中已得八万余字。秋老虎虽然还很利害,可是早晚到底有些凉意,遂决定在双十节前后赶出全篇,以便在十月中旬回渝。

有什么样的环境,才有什么样的神经过敏。因为巴蜀"摆子"猖狂,所以我才身上一冷,便马上吃昆宁。同样的,朋友们有许多患盲肠炎的,所以我也就老觉得难免一刀之苦。在九月末旬,我的右胯与肚脐之间的那块地方,开始有点发硬;用手摸,那里有一条小肉岗儿。"坏了!"我自己放了警报:"盲肠炎!"赶紧告诉了朋友们,即使是谎报,多骗取他们一点同情也怪有意思!

朋友们的回答几乎是一致的——神经过敏! 我申说部位是对的,并且量给他们看,怎奈他们还不信。我只好以自己的医学知识丰富自慰,别无办法。

过了两天, 肚中的硬结依然存在。并且作了个割盲肠的

---

① 此为华氏度,相当于摄氏40度。

端午節抹雄黃

端午日以雄黃
調酒塗抹於小
兒額頭及鼻耳
間又書王字於
額上以象虎也
蓋以虎為百
獸之王可以
避虫豸驅邪
惡也
庚辰小雪
侯長春畫
并記

端午节抹雄黄

　　端午日，以雄黄调酒，涂抹于小儿额头及鼻耳间，又书"王"字于额上，以像虎也。
盖以虎为百兽之王，可以避虫豸，驱邪恶也。

梦！把梦形容给萧伯青兄。他说:恐怕是下意识的警告！第二天夜里,一夜没睡好,硬的地方开始一窝一窝的疼,就好像猛一直腰,把肠子或别处扯动了那样。一定是盲肠炎了！我静候着发烧,呕吐,和上断头台！可是,使我很失望,我并没有发烧,也没有呕吐！到底是怎回事呢?

十月四日,我去找赵清阁先生。她得过此病,一定能确切的指示我。她说,顶好去看看医生。她领我上了江苏医学院的附设医院。很巧,外科刘主任(玄三)正在院里。他马上给我检查。

"是！"刘主任说。

"暂时还不要紧吧?"我问。我想写完了小说和预支了一些稿费的剧本,再来受一刀之苦。

"不忙！慢性的！"刘主任真诚而和蔼的说。他永远真诚,所以绰号人称刘好人。

我高兴了。并非为可以缓期受刑,而是为可以先写完小说与剧本;文艺第一,盲肠次之！

可是, 当我告辞的时候, 刘主任把我叫住:"看看白血球吧！"

一位穿白褂子的青年给我刺了"耳朵眼"。验血。结果！一万好几百！刘主任吸了口气:"马上割吧！"我的胸中恶心了一阵,头上出了凉汗。我不怕开刀,可是小说与剧本都急待写成啊！特别是那个剧本,我已预支了三千元的稿费！同时,在顷刻之间,我又想到:白血球既然很多,想必不妙,为何等着受发烧呕吐等等苦楚来到再受一刀之苦呢?一天不割,便带着一天的心病,何不从早解决呢?

"几时割?"我问。心中很闹得慌,像要吐的样子。

"今天下午！"

随着刘主任，我去交了费，定了房间。

没有吃午饭。托青兄给买了一双新布鞋，因为旧的一双的底子已经有很大的窟窿。心里说：穿新鞋子入医院，也许更能振作一些。

下午一时。自己提着布袋，去找赵先生。二时，她送我入院——她和大夫护士们都熟识。

房间很窄，颇像个棺材。可是，我的心中倒很平静，顺口答音的和大家说笑，护士们来给我打针敷消毒药，腰间围了宽布。诸事齐备，我轻轻的走入手术室，穿着新鞋。

屈着身。吴医生给我的脊梁上打了麻醉针。不很疼。护士长是德州的护士学校毕业的。她还认识我：在她毕业的时候，我正在德州讲演。这已是十年前的事了。她低声的说："舒先生，不怕啊！"我没有怕，我信任西医！况且割盲肠是个小手术。朋友们——老向，萧伯青，萧亦五，清阁，李佩珍……——都在窗外"偷"看呢，我更得扎挣着点！

下部全麻了。刘主任进来。吱——腹上还微微觉到疼。"疼啊！"我报告了一声。"不要紧！"刘主任回答。腹里捣开了乱，我猜想：刘主任的手大概是伸进去了。我不再出声。心中什么也不想。我以为这样老实的受刑，盲肠必会因受感动而也许自动的跳出来。

不过，盲肠到底是"盲肠"，不受感动！麻醉的劲儿朝上走，好像用手推着我的胃；胃部烧得非常的难过，使我再也不能忍耐。吐了两口。"胃里烧得难过呀！"我喊出来。"忍着点！马上就完！"刘主任说。我又忍着，我听得见刘主任的声音："擦汗！""小肠！""放进去！""拿钩了！""摘眼镜！"……我心里说："坏了！找不到！"我问了："找到没有？"刘主任低切的回答："马上找到！不要出声！"

窗外的朋友们比我还着急："坏了！莫非盲肠已经烂掉？"

我机械的，一会儿一问："找到没有？"而得到的回答只是："莫出声！"

苦了刘主任与助手们，室内没有电灯。两位先生立在小凳上，打着电棒。夹伤口的先生们，正如打电棒的始终不能休息片刻。整整一个钟头！

一个钟头了，盲肠还未露面！

我的鼻子上来了点怪味。大概是吴医生的声音："数一二三四！"我数了好几个一二三四，声音相当的响亮。末了，口中一噎，就像刮大风在城门洞中喝了一大口风似的我睡过去，生命成了空白。

睁开眼，我恍惚的记得梁实秋先生和伯青兄在屋中呢。其实屋中有好几位朋友，可是我似乎没有看见他们。在这以前，据朋友们告诉我，我已经出过声音，我自己一点也不记得。我的第一声是高声的喊王抗——老向的小男孩。也许是在似醒非醒之中，我看见王抗翻动我的纸笔吧，所以我大声的呼叱他；我完全记不得了。第二次出声是说了一串中学时的同学的外号：老向，范烧饼，闪电手，电话西局……弄得大家都莫名其妙。生命在这时候是一片云雾，在记忆中飘来飘去，偶然的露出一两个星星。

再睁眼，我看见刘主任坐在床沿上。我记得问他："找到没有？割了吗？"这两个问题，在好几个钟头以内始终在我的口中，因为我只记得全身麻醉以前的事。

我忘了我是在病房里，我以为我是在伯青的屋中呢。我问他："为什么我躺在这儿呢?这里多么窄小啊!"经他解释一番,我才想起我是入了医院。生命中有一段空白,也怪有趣!

一会儿,我清醒;一会儿又昏迷过去。生命像春潮似的一进一退。清醒了;我就问:找到了吗? 割去了吗?

口中的味道像刚喝过一加仑汽油, 出气的时候, 心中舒服? 吸气的时候,觉得昏昏沉沉。生命好像悬在这一呼一吸之间。

胃里作烧,脊梁酸痛,右腿不能动,因打过了一瓶盐水。不好受。我急躁,想要跳起来。苦痛而外,又有一种渺茫之感,比苦痛还难受。不管是清醒,还是昏迷着,我老觉得身上丢失了一点东西。我用手去摸。像摸钱袋或要物在身边没有那样。摸不到什么,我于失望中想起:噢,我丢失的是一块病。可是,这并不能给我安慰,好像即使是病也不该遗失;生命是全的,丢掉一根毫毛也不行! 这时候,自怜与自叹控制住我自己,我觉得生命上有了伤痕,有了亏损!已经一天没吃东西;现在,连开水也不准喝一口——怕引起呕吐而震动伤口。我并不觉得怎样饥渴。胃中与脊梁上难过比饥渴更利害,可是也还挣扎去忍受。真正恼人的倒是那点渺茫之感。我没想到死,也没盼祷赶快痊愈,我甚至于忘记了赶写小说那回事。我只是飘飘摇摇的感到不安!假若他们把割下的盲肠摆在我的面前,我也许就可以捉到一点什么而安心去睡觉。他们没有这样作。我呢,就把握不到任何实际的东西,而惶惑不安。我失去了自信,不知道自己是干什么呢! 因此我烦躁,发脾气,苦了看守我的朋友!

老向,璧如,伯青,齐致贤,席微膺诸兄轮流守夜;李佩珍小姐和萧亦五兄白天亦陪伴。我不知道怎样感激他们才好!医院中的护士不够用,饭食很苦,所以非有人招呼我不可。

体温最高的时候只到三十八度，万幸！虽然如此，我的唇上的皮还干裂得脱落下来，眼底有块青点，很像四眼狗。

最难过的是最初的三天。时间，在苦痛里，是最忍心的；多慢哪！每一分钟比一天还长！到第四天，一切都换了样子；我又回到真实的世界上来，不再悬挂在梦里。

本应当十天可以出院，可是住了十六天，缝伤口的线粗了一些，不能完全消化在皮肉里；没有成脓，但是汪儿黄水。刘主任把那节不愿永远跟随着我的线抽了出来，腹上张着个小嘴。直到这小嘴完全干结我才出院。

神经过敏也有它的好处。假若我不"听见风就是雨"，而不去检查，一旦爆发，我也许要受很大的苦楚。我的盲肠部位不对。不知是何原因，它没在原处，而跑到脐的附近去，所以急得刘主任出了好几身大汗。假若等到它汇了脓再割，岂不很危险?我感谢医生们和朋友们，我似乎也觉得感谢自己的神经过敏！引为遗憾的也有二事：(一)赵清阁先生与我合写的《桃李春风》在渝上演，我未能去看。(二)家眷来渝，我也未能去迎接。我极想看到自己的妻与儿女，可是一度神经过敏教我永远不会粗心大意，我不敢冒险！

北京的春节

　　按照北京的老规矩,过农历的新年(春节),差不多在腊月的初旬就开头了。"腊七腊八,冻死寒鸦。"这是一年里最冷的时候。可是,到了严冬,不久便是春天,所以人们并不因为寒冷而减少过年与迎春的热情。在腊八那天,人家里,寺观里,都熬腊八粥。这种特制的粥是祭祖祭神的,可是细一想,它倒是农业社会的一种自傲的表现——这种粥是用所有的各种的米,各种的豆,与各种的干果(杏仁、核桃仁、瓜子、荔枝肉、莲子、花生米、葡萄干、菱角米……)熬成的。这不是粥,而是小型的农业展览会。

　　腊八这天还要泡腊八蒜。把蒜瓣在这天放到高醋里,封起来,为过年吃饺子用的。到年底,蒜泡得色如翡翠,而醋也有了些辣味,色味双美,使人要多吃几个饺子。在北京,过年时,家家吃饺子。

　　从腊八起,铺户中就加紧地上年货,街上加多了货摊子——卖春联的、卖年画的、卖蜜供的、卖水仙花的等等都是只在这一季节才会出现的。这些赶年的摊子都教儿童们的心跳得特别快一些。在胡同里,吆喝的声音也比平时更多更复杂起来,其中也有仅在腊月才出现的,像卖宪书①的、松枝的、薏

---

　　① 宪书,指历书。

仁米的、年糕的等等。

在有皇帝的时候，学童们到腊月十九日就不上学了，放年假一月。儿童们准备过年，差不多第一件事是买杂拌儿。这是用各种干果(花生、胶枣、榛子、栗子等)与蜜饯掺合成的，普通的带皮，高级的没有皮——例如：普通的用带皮的榛子，高级的用榛瓤儿。儿童们喜吃这些零七八碎儿，即使没有饺子吃，也必须买杂拌儿。他们的第二件大事是买爆竹，特别是男孩子们。恐怕第三件事才是买玩艺儿——风筝、空竹、口琴等——和年画儿。

儿童们忙乱，大人们也紧张。他们须预备过年吃的使的喝的一切。他们也必须给儿童赶做新鞋新衣，好在新年时显出万象更新的气象。

二十三日过小年，差不多就是过新年的"彩排"。在旧社会里，这天晚上家家祭灶王，从一擦黑儿鞭炮就响起来，随着炮声把灶王的纸像焚化，美其名叫送灶王上天。在前几天，街上就有多少多少卖麦芽糖与江米糖的，糖形或为长方块或为大小瓜形。按旧日的说法：有糖粘住灶王的嘴，他到了天上就不会向玉皇报告家庭中的坏事了。现在，还有卖糖的，但是只由大家享用，并不再粘灶王的嘴了。

过了二十三，大家就更忙起来，新年眨眼就到了啊。在除夕以前，家家必须把春联贴好，必须大扫除一次，名曰扫房。必须把肉、鸡、鱼、青菜、年糕什么的都预备充足，至少足够吃用一个星期的——按老习惯，铺户多数关五天门，到正月初六才开张。假若不预备下几天的吃食，临时不容易补充。还有，旧社会里的老妈妈论，讲究在除夕把一切该切出来的东西都切出来，省得在正月初一到初五再动刀，动刀剪是不吉利的。这含

年画儿棚子

河北武强、杨柳青等地民间印制木版画儿都是世代相传。京津一带的神纸、年画都是来自这些地方，每年腊月贩货进城，就街头搭席棚挂上所卖的年画儿，下街叫卖的背一高粱秸编的帘子，内裹年画，吆唤为"画儿来买画儿"。年画内容非常丰富，有"年年有余""连生贵子"，戏出儿有"长坂坡""回荆州""盘丝洞"，应节的有"大过年""沈万三迎接文武财神"，为除旧迎新更添一景。

有迷信的意思。不过它也表现了我们确是爱和平的人，在一岁之首连切菜刀都不愿动一动。

除夕真热闹。家家赶作年菜，到处是酒肉的香味。老少男女都穿起新衣，门外贴好红红的对联，屋里贴好各色的年画，哪一家都灯火通宵，不许间断，炮声日夜不绝。在外边做事的人，除非万不得已，必定赶回家来，吃团圆饭，祭祖。这一夜，除了很小的孩子，没有什么人睡觉，而都要守岁。

元旦的光景与除夕截然不同：除夕，街上挤满了人；元旦，铺户都上着板子，门前堆着昨夜燃放的爆竹纸皮，全城都在休息。

男人们在午前就出动，到亲戚家，朋友家去拜年。女人们在家中接待客人。同时，城内城外有许多寺院开放，任人游览，小贩们在庙外摆摊、卖茶、食品和各种玩具。北城外的大钟寺、西城外的白云观、南城的火神庙(厂甸)是最有名的。可是，开庙最初的两三天，并不十分热闹，因为人们还正忙着彼此贺年，无暇及此。到了初五六，庙会开始风光起来，小孩们特别热心去逛，为的是到城外看看野景，可以骑毛驴，还能买到那些新年特有的玩具。白云观外的广场上有赛轿车赛马的；在老年间，据说还有赛骆驼的。这些比赛并不争取谁第一谁第二，而是在观众面前表演骡马与骑者的美好姿态与技能。

多数的铺户在初六开张，又放鞭炮，从天亮到清早，全城的炮声不绝。虽然开了张，可是除了卖吃食与其他重要日用品的铺子，大家并不很忙，铺中的伙计们还可以轮流着去逛庙、逛天桥、和听戏。

元宵(汤圆)上市，新年的高潮到了——元宵节(从正月十三到十七)。除夕是热闹的，可是没有月光；元宵节呢，恰好是明月当空。元旦是体面的，家家门前贴着鲜红的春联，人们穿着新衣裳，可是它还不够美。元宵节，处处悬灯结彩，整条的大街像是办喜事，火炽而美丽。有名的老铺都要挂出几百盏灯来，有的一律是玻璃的，有的清一色是牛角的，有的都是纱灯；有的各形各色，有的通通彩绘全部《红楼梦》或《水浒传》故事。这，在当年，也就是一种广告；灯一悬起，任何人都可以进到铺中参观；晚间灯中都点上烛，观者就更多。这广告可不庸俗。干果店在灯节还要做一批杂拌儿生意，所以每每独出心裁的，制成各样的冰灯，或用麦苗作成一两条碧绿的长龙，把顾客招来。

除了悬灯，广场上还放花合。在城隍庙里并且燃起火判，火舌由判官的泥像的口、耳、鼻、眼中伸吐出来。公园里放起天灯，像巨星似的飞到天空。

男男女女都出来踏月、看灯、看焰火；街上的人拥挤不动。在旧社会里，女人们轻易不出门，她们可以在灯节里得到些自由。

孩子们买各种花炮燃放，即使不跑到街上去淘气，在家中照样能有声有光的玩耍。家中也有灯：走马灯——原始的电影——宫灯、各形各色的纸灯，还有纱灯，里面有小铃，到时候就叮叮的响。大家还必须吃汤圆呀。这的确是美好快乐的日子。

一眨眼，到了残灯末庙，学生该去上学，大人又去照常作事，新年在正月十九结束了。腊月和正月，在农村社会里正是大家最闲在的时候，而猪牛羊等也正长成，所以大家要杀猪宰羊，酬劳一年的辛苦。过了灯节，天气转暖，大家就又去忙着干活了。北京虽是城市，可是它也跟着农村社会一齐过年，而且过得分外热闹。

在旧社会里，过年是与迷信分不开的。腊八粥，关东糖，除夕的饺子,都须先去供佛,而后人们再享用。除夕要接神;大年初二要祭财神,吃元宝汤(馄饨),而且有的人要到财神庙去借纸元宝,抢烧头股香。正月初八要给老人们顺星、祈寿。因此那时候最大的一笔浪费是买香蜡纸马的钱。现在,大家都不迷信了,也就省下这笔开销,用到有用的地方去。特别值得提到的是现在的儿童只快活地过年,而不受那迷信的熏染,他们只有快乐,而没有恐惧——怕神怕鬼。也许,现在过年没有以前那么热闹了,可是多么清醒健康呢。以前,人们过年是托神鬼的庇佑,现在是大家劳动终岁,大家也应当快乐地过年。

抬头见喜

对于时节，我向来不特别的注意。拿清明说吧，上坟烧纸不必非我去不可，又搭着不常住在家乡，所以每逢看见柳枝发青便晓得快到了清明，或者是已经过去。对重阳也是这样，生平没在九月九登过高，于是重阳和清明一样的没有多大作用。

端阳，中秋，新年，三个大节可不能这么马虎过去。即使我故意躲着它们，账条是不会忘记了我的。也奇怪，一个无名之辈，到了三节会有许多人惦记着，不但来信，送账条，而且要找上门来！

设若故意躲着借款，着急，设计自杀等等，而专讲三节的热闹有趣那一面儿，我似乎是最喜爱中秋。"似乎"，因为我实在不敢说准了。幼年时，中秋是个很可喜的节，要不然我怎么还记得清清楚楚那些"兔儿爷"的样子呢？有"兔儿爷"玩，这个节必是过得十二分有劲。可是从另一方面说，至少有三次喝醉是在中秋；酒入愁肠呀！所以说"似乎"最喜爱中秋。

事真凑巧，这三次"非杨贵妃式"的醉酒我还都记得很清楚。那么，就说上一说呀。第一次是在北平，我正住在翊教寺一家公寓里。好友卢嵩庵从柳泉居运来一坛子"竹叶青"。又约来两位朋友——内中有一位是不会喝的——大家就抄起茶碗来。坛子虽大，架不住茶碗一个劲进攻；月亮还没上来，坛子已空。干什么去呢？打牌玩吧。各拿出铜元百枚，约合大洋七角多，因这是古时候的事了。第一把牌将立起来，不晓得——至今还不晓得——我怎么上了床。牌必是没打成，因为我一睁眼已经红日东升了。

第二次是在天津，和朱荫棠在同福楼吃饭，各饮绿茵陈二两。吃完饭，到一家茶肆去品茗。我朝窗坐着，看见了一轮明月，我就吐了。这回决不是酒的作用，毛病是在月亮。

第三次是在伦敦。那里的秋月是什么样子，我说不上来——也许根本没有月亮其物。中国工人俱乐部里有多人凑热闹，我和沈刚伯也去喝酒。我们俩喝了两瓶葡萄酒。酒是用葡萄还是葡萄叶儿酿的，不可得而知，反正价钱很便宜；我们俩自古至今总没作过财主。喝完，各自回寓所。一上公众汽车，我的脚忽然长了眼睛，专找别人的脚尖去踩。这回可不是月亮的毛病。

对于中秋，大致如此——无论如何也不能说它坏。就此打住。

至若端阳，似乎可有可无。粽子，不爱吃。城隍爷现在也不出巡；即使再出巡，大概也没有跟随着走几里路的兴趣。樱桃真是好东西，可惜被黑白桑葚给带累坏了。

新年最热闹，也最没劲，我对它老是冷淡的。自从一记事儿起，家中就似乎很穷。爆竹总是听别人放，我们自己是静寂无哗。记得最真的是家中一张《王羲之换鹅》图。每逢除夕，母亲必把它从个神秘的地方找出来，挂在堂屋里。姑母就给说那个故事；到如今还不十分明白这故事到底有什么意思，只觉得"王羲之"三个字倒很响亮好听。后来入学，读了《兰亭序》，我告诉先生，王羲之是在我的家里。

长大了些，记得有一年的除夕，大概是光绪三十年前的一、二年，母亲在院中接神，雪已下了一尺多厚。高香烧起，雪片由漆黑的空中落下，落到火光的圈里，非常的白，紧接着飞到火苗的附近，舞出些金光，即行消灭；先下来的灭了，上面又紧跟着下来许多，像一把"太平花"倒放。我还记着这个。我也的确感觉到，那年的神仙一定是真由天上回到世间。

中学的时期是最忧郁的，四、五个新年中只记得一个，最凄凉的一个。那是头一次改用阳历，旧历的除夕必须回学校去，不准请假。姑母刚死两个多月，她和我们同住了三十年的样子。她有时候很厉害，但大体上说，她很爱我。哥哥当差，不能回来。家中只剩母亲一人。我在四点多钟回到家中，母亲并没有把"王羲之"找出来。吃过晚饭，我不能不告诉母亲了——我还得回校。她楞了半天，没说什么。我慢慢的走出去，她跟着走到街门。摸着袋中的几个铜子，我不知道走了多少时候，才走到学校。路上必是很热闹，可是我并没看见，我似乎失了感觉。到了学校，学监先生正在学监室门口站着。他先问我："回来了？"我行了个礼。他点了点头，笑着叫了我一声："你还回去吧。"这一笑，永远印在我心中。假如我将来死后能入天堂，我必把这一笑带给上帝去看。

我好像没走就又到了家，母亲正对着一枝红烛坐着呢。她的泪不轻易落，她又慈善又刚强。见我回来了，她脸上有了笑容，拿出一个细草纸包儿来："给你买的杂拌儿，刚才一忙，也忘了给你。"母子好像有千言万语，只是没精神说。早早的就睡了。母亲也没精神。

中学毕业以后，新年，除了为还债着急，似乎已和我不发生关系。我在哪里，除夕便由我照管着哪里。别人都回家去过年,我老是早早关上门,在床上听着爆竹响。平日我也好吃个嘴儿,到了新年反倒想不起弄点什么吃,连酒不喝。在爆竹稍静了些的时节,我老看见些过去的苦境。可是我既不落泪,也不狂歌,我只静静的躺着。躺着躺着,多咱①烛光在壁上幻出一个"抬头见喜",那就快睡去了。

---

① 多咱为北京方言,指什么时候。

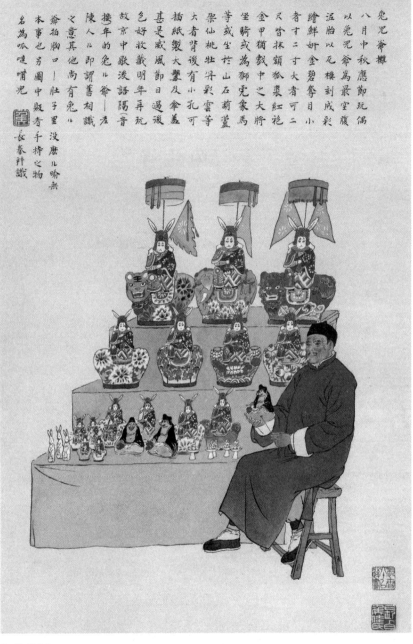

兔儿爷摊
八月中秋应节玩偶
以兔儿爷为最空腹
泥胎以瓦模刻成彩
绘鲜妍金碧夺目小
者寸二寸大者可二
尺皆抹额狐裘红袍
金甲犹戴冠之大将
坐骑或为狮虎象马
等或坐於山石葫芦
架仙桃牡丹彩云等
大者背後有小孔可
插纸制大纛及伞盖
甚是威风节日过後
色好收藏明年再玩
故京中歇後语隔〔间〕
接年的兔儿爷—左
陈人儿即谓旧相识
之意其他尚有兔儿
爷拍胸口—肚子里没麽儿喻无
本事也方图中贩者手持之物
名为呱唧唧儿
长春并识

兔儿爷摊

中秋节俗称八月节，应节的玩偶唯属兔儿爷了。这种泥偶是用好胶泥里面掺上棉花，以瓦模子刻成，底部也用泥封起，中间是空膛的，凉干以后施以彩绘金碧夺目，小个儿的才二寸许，大个儿的高约一尺半，都是抹额、狐裘、红袍金甲俨然戏中的大将扮像。下面的坐骑或是狮、虎、象、马等，或坐在太湖山石、葫芦架、仙桃树、牡丹花、五彩祥云之上。大兔儿爷背后有一个小孔，可插上彩纸作的大纛旗和伞盖，看起来很是、威风，小孩把它摆在桌上供着玩，节日一过，用纸包好收藏起来明年再玩。

兔儿爷

我好静,故怕旅行。自然,到过的地方就不多了。到的地方少,看的东西自然也就少。就是对于兔儿爷这玩艺也没有看过多少种。

稍为熟习的只有北方几座城:北平,天津,济南,和青岛。在这四个名城里,一到中秋,街上便摆出兔儿爷来——就是山东人称为兔子王的泥人。兔儿爷或兔子王都是泥作的。兔脸人身,有的背后还插上纸旗,头上罩着纸伞。种类多,作工细,要算北平。山东的兔子王样式既少,手工也很糙。

泥人本有多种,可是因为不结实,所以作得都不太精细;给小儿女买玩艺儿,谁也不愿多花钱买一碰即碎的呀。兔儿爷虽也系泥人,但售出的时间只在八月节前的半个月左右,与月饼同为迎时当令的东西,故不妨作得精细一些。况且小儿女们每愿给兔儿爷上供,置之桌上,不像对待别种泥娃娃那么随便,于是也就略为减少碰碎的危险。这样,兔儿爷便获得较优越的地位,而能每年一度很漂亮的出现于街头。

中秋又到了,北平等处的兔儿爷怎样呢?

我可以想象到:那些粉脸彩衣,插旗打伞的泥人们一定还是一行行的摆在街头,为暴敌粉饰升平啊!

听说敌人这些日子,正在北平大量的焚书,几乎凡不是木板的图书都可以遭到被投入火里的厄运。学校里，人家里，都没有了书，而街头上到处摆出兔儿爷，多么好的一种布置呢！暴敌要的是傀儡呀！

友人来信，说平津大雨，连韭菜都卖到三吊钱（与重庆的"吊"同值）一束，粗粮也卖到一毛多一斤。谁还买得起兔儿爷呢？大概也就是在市上摆几天，给大家热闹热闹眼睛吧？

因而就想到那些高等汉奸，到时候，他们就必出来。正如桂花一开，兔子王便上市。他们的脸很体面，油光水滑的，只可惜鼻下有个三瓣子嘴，而头上有一对长耳朵。他们的身上也花花绿绿，足下登起粉底高靴。身腔里可是空空的，脊背有个泥团儿，为插旗伞之用；旗伞都是纸作的。他们多体面，多空虚，多没有心肝呢！他们唯一的好处似乎只在有两个泥膝，跪下很方便。

兔儿爷怕遇上淘气的孩子，左搬右弄，它脸上的粉，身上的彩，便被弄污；不幸而孩子一失手，全身便变成若干小片片了。孩子并不十分伤心，有钱便能再买一个呀。幸而支持过了中秋，并未粉碎；可又时节已过，谁还有心玩兔子王呢？最聪明的傀儡也不过是些小土片呀！那些带活气的兔子王，越漂亮，我就越替他们担心；小日本鬼子不但淘气，而且是世上最凶狠的孩子啊。兔子王的寿命无论如何过不去中秋，我真想为那些粉墨登场的傀儡们落泪了。

抗战建国须凭真实本领与浩然正气，只能迎时当令充兔子王的，不作汉奸，也是废物。那么，我们不仅当北望平津，似乎也当自省一下吧？

落花生

我是个谦卑的人。但是,口袋里装上四个铜板的落花生,一边走一边吃,我开始觉得比秦始皇还骄傲。假若有人问我:"你要是作了皇上,你怎么享受呢?"简直的不必思索,我就答得出:"派四个大臣拿着两块钱的铜子,爱买多少花生吃就买多少!"

什么东西都有个幸与不幸。不知道为什么瓜子比花生的名气大。你说,凭良心说,瓜子有什么吃头?它夹你的舌头,塞你的牙,激起你的怒气——因为一咬就碎;就是幸而没碎,也不过是那么小小的一片,不解饿,没味道,劳民伤财,布尔乔亚!你看落花生:大大方方的,浅白麻子,细腰,曲线美。这还只是看外貌。弄开看:一胎儿两个或者三个粉红的胖小子。脱去粉红的衫儿,像牙色的豆瓣一对对的抱着,上边儿还结着吻。那个光滑,那个水灵,那个香喷喷的,碰到牙上那个乾松酥软!白嘴吃也好,就酒喝也好,放在舌上当槟榔含着也好。写文章的时候,三四个花生可以代替一支香烟,而且有益无损。

种类还多呢:大花生,小花生,大花生米,小花生米,糖馇的,炒的,煮的,炸的,各有各的风味,而都好吃。下雨阴天,煮上些小花生,放点盐;来四两玫瑰露;够作好几首诗的。瓜子可给诗的灵感?冬夜,早早的躺在被窝里,看着《水浒》,枕旁放着

捏江米人儿的

以细罗精面调以蜂蜜俾不龟裂也再加以颜料成各色面团捏成人型两种粗者多捏持伞美人戏剧人物孙悟空等其细者能捏天女散花锺馗嫁妹观音菩萨等盛于小玻璃罩中余曾见史小者捏霸王别姬盛于半个核桃皮内京中蓻人郎绍安汤子博辈曾此中高手均已享誉中外也丙子季春月侯长春圖此许識

捏江米人儿的

　　捏江米人儿的原料都属于行业中秘而不宣的家底儿。大概是以细罗精面调以蜂蜜，使它不易龟裂，再加进颜料捏成各种颜色的面团，在一根细苇管上塑成人型。这一行有粗细两种，粗的捏塑打伞美人、戏出人儿、孙悟空、老头儿钓鱼等等。大小儿有三寸多高。细的能捏天女散花、锺馗嫁妹、观音菩萨等，高二寸许，盛在小玻璃罩中。我小时候曾看过捏成霸王别姬盛在半个核桃皮里。面人儿民间艺人郎绍安、汤子博等都是蜚声中外的面塑高手。

些花生米;花生米的香味,在舌上,在鼻尖;被窝里的暖气,武松打虎……这便是天国!冬天在路上,刮着冷风,或下着雪,袋里有些花生使你心中有了主儿。掏出一个来,剥了,慌忙往口中送,闭着嘴嚼,风或雪立刻不那么厉害了。况且,一个二十岁以上的人肯神仙似的,无忧无虑的,随随便便的,在街上一边走一边吃花生,这个人将来要是作了宰相或度支部尚书,他是不会有官僚气与贪财的。他若是作了皇上,必是朴俭温和直爽天真的一位皇上,没错。吃瓜子的照例不在街上走着吃,所以我不给他保这个险。

至于家中要是有小孩儿,花生简直比什么也重要。不但可以吃,而且能拿它们玩。夹在耳唇上当环子,几个小姑娘就能办很大的一回喜事。小男孩若找不着玻璃球儿,花生也可以当弹儿。玩法还多着呢。玩了之后,剥开再吃,也还不脏。两个大子儿的花生可以玩半天;给他们些瓜子试试。

论样子,论味道,栗子其实满有势派儿。可是它没有落花生那点家常的"自己"劲儿。栗子跟人没有交情,仿佛是。核桃也不行,榛子就更显着疏远。落花生在哪里都有人缘,自天子以至庶人都跟它是朋友;这不容易。

在英国,花生叫作"猴豆"——Monkey nuts。人们到动物园去才带上一包,去喂猴子。花生在这个国里真不算很光荣,可是我亲眼看见去喂猴子的人——小孩就更不用提了——偷偷的也往自己口中送这猴豆。花生和苹果好像一样的有点魔力,假如你知道苹果的典故;我这儿确是用着典故。

美国吃花生的不限于猴子。我记得有位美国姑娘,在到中国来的时候,把几只皮箱的空处都填满了花生,大概凑起来总够十来斤吧,怕是到中国吃不着这种宝物。美国姑娘都这样重看花生,可见它确是有价值;按照哥伦比亚的哲学博士的辩证法看,这当然没有误儿。

　　花生大概还跟婚礼有点关系,一时我可想不起来是怎么个办法了;不是新娘子在轿里吃花生,不是;反正是什么什么春吧——你可晓得这个典故?其实花轿里真放上一包花生米,新娘子未必不一边落泪一边嚼着。

吃莲花的

　　今年我种了两盆白莲。盆是由北平搜寻来的，里外包着绿苔，至少有五六十岁。泥是由黄河拉来的。水用趵突泉的。只是藕差点事，吃剩下来的菜藕。好盆好泥好水敢情有妙用，菜藕也不好意思了，长吧，开花吧，不然太对不起人！居然，拔了梗，放了叶，而且开了花。一盆里七八朵，白的！只有两朵，瓣尖上有点红，我细细的用檀香粉给涂了涂，于是全白。作诗吧，除了作诗还有什么办法？专说"玉立之亭"这四个字就被我用了七十五次，请想我作了多少首诗吧！

　　这且不提。好几天了，天天门口卖菜的带着几把儿白莲。最初，我心里很难过。好好的莲花和茄子冬瓜放在一块，真！继而一想，若有所悟。啊，济南名士多，不能自己"种"莲，还不"买"些用古瓶清水养起来，放在书斋？是的，一定是这样。

　　这且不提。友人约游大明湖，"去买点莲花来！"他说。"何必去买，我的两盆还不可观？"我有点不痛快，心里说："我自种的难道比不上湖里的？真！"况且，天这么热，游湖更受罪，不如在家里，煮点毛豆角，喝点莲花白，作两首诗，以自种白莲为题，岂不雅妙？友人看着那两盆花，点了点头。我心里不用提多么痛快了；友人也很雅哟！除了作新诗向来不肯用这"哟"，可是此刻非用不可了！我忙着吩咐家中煮毛豆角，看看能买到鲜

大宅六景（二）　魚缸

大宅庭院皆海漫方磚當置陶缸一口內養龍睛繡球紅帽子等名貴金魚碧藻紅鱗頗供玩賞其與天棚石榴樹同為大宅麗景也辛巳初夏季冬畫並記於蓟門

大宅六景（二）　鱼缸

　　大宅庭院皆海墁方砖，当中置陶缸一口，内养龙睛、绣球、红帽子等名贵金鱼，碧藻红鳞颇供玩赏，其与天棚、石榴树同为大宅丽景也。

核桃不。然后到书房去找我的诗稿。友人静立花前,欣赏着哟!

这且不提。及至我从书房回来一看,盆中的花全在友人手里握着呢,只剩下两朵快要开败的还在原地未动。我似乎忽然中了暑,天旋地转,说不出话。友人可是很高兴。他说:"这几朵也对付了,不必到湖中买去了。其实门口卖菜的也有,不过没有湖上的新鲜便宜。你这些不很嫩了,还能对付。"他一边说着,一边奔了厨房。"老田,"他叫着我的总管事兼厨子:"把这用好香油炸炸。外边的老瓣不要,炸里边那嫩的。"老田是我由北平请来的,和我一样不懂济南的典故,他以为香油炸莲瓣是什么偏方呢。"这治什么病,烫伤?"他问。友人笑了。"治烫伤?吃!美极了!没看见菜挑子上一把一把儿的卖吗?"

这且不提。还提什么呢,诗稿全烧了,所以不能附录在这里。

太史公读老舍文至莲花被吃诗稿被焚之句,慨然有动于衷,乃效时行才子佳人补赞曰:哎,呦,啊!您亭亭玉立的莲花,——莲花——莲花啊!您的幻灭,使我心弦颤动而鼻涕长流呵!我想您——想您——您的亭亭玉立,不玉立无以为亭亭,不亭亭又何以玉立?我想到您的玉立之亭,尤想到您亭立之玉。奇怪啊,您——您的立居然如亭,您的亭又宛然如玉。我一想到此,我的心血来潮了,我的神经紧张了,我昏昏欲倒了。您的青春,您的美丽妖艳的青春,您亭亭玉立的青春,使我憧憬而昏醉了。您不朽的青春,将借我的秃笔而不朽了,虽然厨夫——狞恶的不了解您的厨夫——将您——您油炸了,但是您是不朽的啊!您是莲花,我是君子,我们的悲哀的命运正相同啊!您出于做男人之泥及做女人之水,水泥媾精而有了您,有了亭亭玉立之您,这是宇宙之秘密啊!我要死了。我看见您曼妙的花干与多姿的莲叶,被狞恶的厨夫遗弃于地上,我禁不住流泪了。哎呦,莲啊莲!我不敢——不忍——吃您——吃您——的青春不朽的花瓣,我要将您的骨肉炼成石膏,塑成爱神之像,供在我的案上,吻着,吻着,永远的吻着您亭亭玉立……等到末日,我们一同埋葬了自己吧!莲啊莲!

养　花

　　我爱花，所以也爱养花。我可还没成为养花专家，因为没有工夫去作研究与试验。我只把养花当做生活中的一种乐趣，花开得大小好坏都不计较，只要开花，我就高兴。在我的小院中，到夏天，满是花草，小猫儿们只好上房去玩，地上没有它们的运动场。

　　花虽然多，但无奇花异草。珍贵的花草不易养活，看着一棵好花生病要死是件难过的事。我不愿时时落泪。北京的气候，对养花来说，不算很好。冬天冷，春天多风，夏天不是干旱就是大雨倾盆；秋天最好，可是忽然会闹霜冻。在这种气候里，想把南方的好花养活，我还没有那么大的本事。因此，我只养些好种易活、自己会奋斗的花草。

　　不过，尽管花草自己会奋斗，我若置之不理，任其自生自灭，它们多数还是会死了的。我得天天照管它们，像好朋友似的关切它们。一来二去，我摸着一些门道：有的喜阴，就别放在太阳地里，有的喜干，就别多浇水。这是个乐趣，摸住门道，花草养活了，而且三年五载老活着、开花，多么有意思啊！不是乱吹，这就是知识呀！多得些知识，一定不是坏事。

　　我不是有腿病吗，不但不利于行，也不利于久坐。我不知道花草们受我的照顾，感谢我不感谢；我可得感谢它们。在我

大宅六景（三）　石榴樹

大宅院內多植石榴數盆以其五月
花開艷紅似火八月果熟珠
璣迸露舊有榴開百子之
吉祥語以喻多子多福之
祝也　辛巳端午俟長春
仳山肯年七十有二

大宅六景（三）　石榴树

　　大宅院内多植石榴数盆，以其五月花开，艳红似火。八月果熟，珠玑迸露，旧有榴开百子之吉祥语，以喻多子多福之祝也。

工作的时候,我总是写几十个字,就到院中去看看,浇浇这棵,搬搬那盆,然后回到屋中再写一点,然后再出去,如此循环,把脑力劳动和体力劳动结合到一起,有益身心,胜于吃药。要是赶上狂风暴雨或天气突变哪,就得全家动员,抢救花草,十分紧张。几百盆花,都要很快地抢到屋里去,使人腰酸腿疼,热汗直流。第二天,天气好转,又得把花都搬出去,就又一次腰酸腿疼,热汗直流。可是,这多么有意思呀! 不劳动,连棵花也养不活,这难道不是真理吗?

送牛奶的同志,进门就夸"好香"! 这使我们全家都感到骄傲。赶到昙花开放的时候,约几位朋友来看看,更有秉烛夜游的神气——昙花总在夜里开放。花儿分根了,一棵分为数棵,就赠给朋友们一些;看着友人拿走自己的劳动果实,心里自然特别喜欢。

当然,也有伤心的时候,今年夏天就有这么一回。三百株菊秧还在地上(没到移入盆中的时候),下了暴雨,邻家的墙倒了,菊秧被砸死三十多种,一百多棵! 全家都几天没有笑容!

有喜有忧,有笑有泪,有花有果,有香有色,既须劳动,又长见识,这就是养花的乐趣。

小麻雀

雨后，院里来了个麻雀，刚长全了羽毛。它在院里跳，有时飞一下，不过是由地上飞到花盆沿上，或由花盆上飞下来。看它这么飞了两三次，我看出来：它并不会飞得再高一些，它的左翅的几根长翎拧在一处，有一根特别的长，似乎要脱落下来。我试着往前凑，它跳一跳，可是又停住，看着我，小黑豆眼带出点要亲近我又不完全信任的神气。我想到了：这是个熟鸟，也许是自幼便养在笼中的。所以它不十分怕人。可是它的左翅也许是被养着它的或别个孩子给扯坏，所以它爱人，又不完全信任。想到这个，我忽然的很难过。一个飞禽失去翅膀是多么可怜。这个小鸟离了人恐怕不会活，可是人又那么狠心，伤了它的翎羽。它被人毁坏了，而还想依靠人，多么可怜！它的眼带出进退为难的神情，虽然只是那么个小而不美的小鸟，它的举动与表情可露出极大的委屈与为难。它是要保全它那点生命，而不晓得如何是好。对它自己与人都没有信心，而又愿找到些倚靠。它跳一跳，停一停，看着我，又不敢过来。我想拿几个饭粒诱它前来，又不敢离开，我怕小猫来扑它。可是小猫并没在院里，我很快的跑进厨房，抓来了几个饭粒。及至我回来，小鸟已不见了。我向外院跑去，小猫在影壁前的花盆旁蹲着呢。我忙去驱逐它，它只一扑，把小鸟擒住！被人养惯的小麻雀,连挣扎都不会,尾与爪在猫嘴旁搭拉着,和死去差不多。

瞧着小鸟,猫一头跑进厨房,又一头跑到西屋。我不敢紧追,怕它更咬紧了可又不能不追。虽然看不见小鸟的头部,我还没忘了那个眼神。那个预知生命危险的眼神。那个眼神与我的好心中间隔着一只小白猫。来回跑了几次,我不追了。追上也没用了,我想,小鸟至少已半死了。猫又进了厨房,我愣了一会儿,赶紧的又追了去;那两个黑豆眼仿佛在我心内睁着呢。

进了厨房,猫在一条铁筒——冬天升火通烟用的,春天拆下来便放在厨房的墙角——旁蹲着呢。小鸟已不见了。铁筒的下端未完全扣在地上,开着一个不小的缝儿小猫用脚往里探。我的希望回来了,小鸟没死。小猫本来才四个来月大,还没捉住过老鼠,或者还不会杀生,只是叼着小鸟玩一玩。正在这么想,小鸟,忽然出来了,猫倒像吓了一跳,往后躲了躲。小鸟的样子,我一眼便看清了,登时使我要闭上了眼。小鸟几乎是蹲着,胸离地很近,像人害肚痛蹲在地上那样。它身上并没血。身子可似乎是蜷在一块,非常的短。头低着,小嘴指着地。那两个黑眼珠!非常的黑,非常的大,不看什么,就那么顶黑顶大的愣着。它只有那么一点活气,都在眼里,像是等着猫再扑它,它没力量反抗或逃避;又像是等着猫赦免了它,或是来个救星。生与死都在这俩眼里,而并不是清醒的。它是胡涂了,昏迷了;不然为什么由铁筒中出来呢?可是,虽然昏迷,到底有那么一点说不清的,生命根源的,希望。这个希望使它注视着地上,等着,等着生或死。它怕得非常的忠诚,完全把自己交给了一线的希望,一点也不动。像把生命要从两眼中流出,它不叫也不动。

小猫没再扑它,只试着用小脚碰它。它随着击碰倾侧,头不动,眼不动,还呆呆的注视着地上。但求它能活着,它就决不反抗。可是并非全无勇气,它是在猫的面前不动! 我轻轻的过去,把猫抓住。将猫放在门外,小鸟还没动。我双手把它捧起来。它确是没受了多大的伤,虽然胸上落了点毛。它看了我一眼!

　　我没主意:把它放了吧,它准是死?养着它吧,家中没有笼子。我捧着它好像世上一切生命都在我的掌中似的,我不知怎样好。小鸟不动,蜷着身,两眼还那么黑,等着!愣了好久,我把它捧到卧室里,放在桌子上,看着它,它又愣了半天,忽然头向左右歪了歪用它的黑眼睁了一下;又不动了,可是身子长出来一些,还低头看着,似乎明白了点什么。

小动物们

鸟兽们自由的生活着，未必比被人豢养着更快乐。据调查鸟类生活的专门家说，鸟啼绝不是为使人爱听，更不是以歌唱自娱，而是占据猎取食物的地盘的示威；鸟类的生活是非常的艰苦。兽类的互相残食是更显然的。这样，看见笼中的鸟，或柙中的虎，而替它们伤心，实在可以不必。可是，也似乎不必替它们高兴；被人养着，也未尽舒服。生命仿佛是老在魔鬼与荒海的夹缝儿，怎样也不好。

我很爱小动物们。我的"爱"只是我自己觉得如此；到底对被爱的有什么好处，不敢说。它们是这样受我的恩养好呢，还是自由的活着好呢？也不敢说。把养小动物们看成一种事实，我才敢说些关于它们的话。下面的述说，那么，只是为述说而述说。

先说鸽子。我的幼时，家中很贫。说出"贫"来，为是声明我并养不起鸽子；鸽子是种费钱的活玩艺儿。可是，我的两位姐丈都喜欢玩鸽子，所以我知道其中的一点儿故典。我没事儿就到两家去看鸽，也不短随着姐丈们到鸽市去玩；他们都比我大着二十多岁。我的经验既是这样来的，而且是幼时的事，恐怕说得不能很完全了；有好多鸽子名已想不起来了。

鸽的名样很多。以颜色说，大概应以灰、白、黑、紫为基本色儿。可是全灰全白全黑全紫的并不值钱。全灰的是楼鸽,院中撒些米就会来一群;物是以缺者为贵,楼鸽太普罗。有一种比楼鸽小,灰色也浅一些的,才是真正的"灰";但也并不很贵重。全白的,大概就叫"白"吧,我记不清了。全黑的叫黑儿,全紫的叫紫箭,也叫猪血。

猪血们因为羽色单调,所以不值钱,这就容易想到值钱的必是杂色的。杂色的种类多极了,就我所知道的——并且为清楚起见——可以分作下列的四大类:点子、乌、环、玉翅。点子是白身腔,只在头上有手指肚大的一块黑,或紫;尾是随着头上那个点儿,黑或紫。这叫作黑点子和紫点子。乌与点子相近,不过是头上的黑或紫延长到肩与胸部。这叫黑乌或紫乌。这种又有黑翅的或紫翅的,名铁翅乌或铜翅乌——这比单是乌又贵重一些。还有一种,只有黑头或紫头,而尾是白的,叫作黑乌头或紫乌头;比乌的价钱要贱一些。刚才说过了,乌的头部的黑或紫毛是后齐肩,前及胸的。假若黑或紫毛只是由头顶到肩部,而前面仍是白的,这便叫作老虎帽,因为很像廿年前通行的风帽;这种确是非常的好看,因而价钱也就很高。在民国初年,兴了一阵子蓝乌和蓝乌头,头尾如乌,而是灰蓝色儿的。这种并不好看,出了一阵子锋头也就拉倒了。

环,简单的很:全白而项上有一黑圈者叫墨环;反之,全黑而项上有白圈者是玉环。此外有紫环,全白而项上有一紫环。"环"这种鸽似乎永远不大高贵。大概可以这么说,白尾的鸽是不易与黑尾或紫尾的相抗,因为白尾的飞起来不大美。

玉翅是白翅边的。全灰而有两白翅是灰玉翅;还有黑玉翅、紫玉翅。所谓白翅,有个讲究:翅上的白翎是左七右八。能够这样,飞起来才正好,白边儿不过宽,也不过窄。能生成就这样的，自然很少，所以鸽贩常常作假，硬插上一两根，或拔去些，是常有的事。这类中又有变种：玉翅而有白尾的，比如一只黑鸽而有左七右八的白翅翎，同时又是白尾，便叫作三块玉。灰的、紫的，也能这样。要是连头也是白的呢便叫作四块玉了。四块玉是较比有些价值的。

在这四大类之外，还有许多杂色的鸽。如鹤袖，如麻背，都有些价值，可不怎么十分名贵。在北平，差不多是以上述的四大类为主。新种随时有，也能时兴一阵，可都不如这四类重要与长远。

就这四大类说，紫的老比别的颜色高贵。紫色儿不容易长到好处，太深了就遭猪血之诮，太浅了又黄不唧的寒酸。况且还容易长"花了"呢，特别是在尾巴上，翎的末端往往露出白来，像一块癣似的，把个尾巴就毁了。

紫以下便是黑，其次为灰。可是灰色如只是一点，如灰头、灰环，便又可贵了。

这些鸽中，以点子和乌为"古典的"。它们的价值似乎永远不变，虽然普通，可是老是鸽群之主。这么说吧，飞起四十只鸽，其中有过半的点子和乌，而杂以别种，便好看。反之，则不好看。要是这四十只都是点子，或都是乌，或点子与乌，便能有顶好的阵容。你几乎不能飞四十只环或玉翅。想想看吧：点子是全身雪白，而有个黑或紫的尾，飞起来像一群玲珑的白鸥；及至一翻身呢，那黑或紫的尾给这轻洁的白衣一个色彩深厚的裙儿，既轻妙而又厚重。假若是太阳在西边，而东方有些黑云，那就太美了：白翅在黑云下自然分外的白了；一斜身儿呢，黑尾或紫尾——最好是紫尾——迎着阳光闪起一些金光来！点子如是，乌也如是。白尾巴的，无论长得多么体面，飞起来没

驯鸟之一

旧京玩鸟之人养黄雀交嘴等鸟调驯其能吃飞食叫大远兜渐习叼旗开箱等难度较大之技艺拴数

米外题一六角纸盒每面插一小旗主人放鸟飞去叼一旗归反掌上食苏子数粒再令叼旗六旗尽叼盒底落下

庚辰中秋日侯长春画并识

驯鸟（一）——叼旗儿

　　老北京玩鸟之人，养黄雀、交嘴等鸟，调训其能吃飞食、叫大远儿，渐习叼旗、开箱等难度较大之技艺。于数米外悬一六角纸盒，每面插一小旗，主人放鸟飞去，衔一旗归及掌上食苏子数粒，再令衔六方旗尽，则盒底落下。

这种美妙，要不怎么不大值钱呢。铁翅乌或铜翅乌飞起来特别的好看，像一朵花，当中一块白，前后左右都镶着黑或紫，他使人觉得安闲舒适。可是铜翅乌几乎永远不飞，飞不起，贱的也得几十块钱一对儿吧。玩鸽子是满天飞洋钱的事儿，洋钱飞起去是不如在手里牢靠的。

可是，鸽子的讲究儿不专在飞，正如女子出头露脸不专仗着能跑五十米。它得长得俊。先说头吧，平头或峰头(峰读如凤；也许就是凤，而不是峰)，便决定了身价的高低。所谓峰头或凤头的，是在头上有一撮立着的毛；平头是光葫芦。自然凤头的是更美，也更贵。峰——或凤——不许有杂毛，黑便全黑，紫便全紫，挽着白的便不够派儿。它得大，而且要像个荷包似的向里包包着。鸽贩常把峰的杂毛剔去，而且把不像荷包的收拾得像荷包。这样收拾好的峰，就怕鸽子洗澡，因为那好看的头饰是用胶粘的。

头最怕鸡头，没有脑杓儿，楞头磕脑的不好看。头须像算盘子儿，圆忽忽的，丰满。这样的头，再加上个好峰，便是标准美了。

眼，得先说眼皮。红眼皮的如害着眼病，当然不美。所以要强的鸽子得长白眼皮。宽宽的白眼皮，使眼睛显着大而有神。眼珠也有讲究，豆眼、隔棱眼，都是要不得的。可惜我离开鸽子们已念多年，形容不上来豆眼等是什么样子了；有机会到北平去住几天，我还能把它们想起来，到鸽市去两趟就行了。

嘴也很要紧。无论长得多么体面的鸽，来个长嘴，就算完了事。要不怎么，有的鸽虽然很缺少，而总不能名贵呢；因为这种根本没有短嘴的。鸽得有短嘴！厚厚实实的，小墩子嘴，才好看。

　　头部以外，就得论羽毛如何了。羽毛的深浅，色的支配，都有一定的。老虎帽的帽长到何处，虎头的黑或紫毛应到胸部的何处，都不能随便。出一个好鸽与出一个美人都是历史的光荣。

　　身的大小，随鸽而异。羽毛单调一些的，像紫箭等，自然是越大越蠢，所以以短小玲珑为贵。像点子与乌什么的，个子大一点也不碍事。不过，嘴儿短，长得娇秀，自然不会发展得很粗大了，所以美丽的鸽往往是小个儿。

　　小个子的，长嘴儿的，可也有用处。大个子的身强力壮翅子硬，能飞，能尾上戴鸽铃，所以它们是空中的主力军。别的鸽子好看，可供地上玩赏；这些老粗儿们是飞起来才见本事，故尔也还被人爱。长翅儿也有用，孵小鸽子是它们的事：它们的嘴长，"喷"得好——小鸽不会自己吃东西，得由老鸽嘴对嘴的"喷"。再说呢，喷的时候，老的胸部羽毛便糙了；谁也不肯这么牺牲好鸽。好鸽下的蛋，总被人拿来交与丑鸽去孵，丑鸽本来不值钱，身上糙旧一点也没关系。要作鸽就得美呀，不然便很苦了。

　　有的丑鸽，仿佛知道自己的相貌不扬，便长点特别的本事以与美鸽竞争。有力气戴大鸽铃便是一例。可是有力气还不怎样新奇，所以有的能在空中翻跟头。会翻跟头的鸽在与朋友们一块飞起的时候，能飞着飞着便离群而翻几个跟头，然后再飞上去加入鸽群，然后又独自翻下来。这很好看，假若他是白色的，就好像由蓝空中落下一团雪来似的。这种鸽的身体很小，面貌可不见得美。他有个标帜，即在项上有一小撮毛儿，倒长着。这一撮倒毛儿好像老在那儿说："你瞧，我会翻跟头！"这种鸽还有个特点，脚上有毛儿，像诸葛亮的羽扇似的。一走，便扑喳扑喳的,很有神气。不会翻跟头的可也有时候长着毛脚。这类鸽多半是全灰全白或全黑的。羽毛不佳,可是有本事呢。

为养毛脚鸽,须盖灰顶的房,不要瓦。因为瓦的棱儿往往伤了毛脚而流出血来。

哎呀! 我说"先说鸽子",已经三千多字了,还没说完! 好吧,下回接着说鸽子吧,假若有人爱听。我的题目《小动物们》,似乎也有加上个"鸽"的必要了。

母 鸡

我一向讨厌母鸡，不知怎样受了一点惊恐，听吧，它由前院嘎嘎到后院，由后院嘎嘎到前院，没完没了，而并没有什么理由，讨厌！有的时候，它不这样乱叫，可是细声细气的，有什么心事似的，颤颤微微的，顺着墙根或沿着田坝，那么扯长了声如怨如诉，使人心中立刻结起个小疙瘩来。

它永远不反抗公鸡。可是，有时候却欺侮那最忠厚的鸭子。更可恶的是它遇到另一只母鸡的时候，它会下毒手，乘其不备，狠狠的咬一口，咬下一撮儿毛来。

到下蛋的时候，它差不多是发了狂，恨不能让全世界都知道它这点成绩；就是聋子也会被吵得受不下去。

可是，现在我改变了心思！我看见一只孵出一群小雏鸡的母鸡。

不论是在院里，还是在院外，它总是挺着脖儿，表示出世界上并没有可怕的东西。一个鸟儿飞过，或是什么东西响了一声，它立刻警戒起来：歪着头听；挺着身预备作战；看看前，看看后，咕咕的警告群雏要马上集合到它身边来！

当它发现了一点可吃的东西它就咕咕的紧叫，啄一啄那个东西，马上便放下，教它的儿女吃。结果，每一只鸡雏的肚子都圆圆的下垂，像刚装了一两个汤圆儿似的，它自己却削瘦了许多。假若有别的大鸡来找食，它一定出击，把它们赶出老远；连大公鸡也怕它三分。

它教给鸡雏们啄食，掘地，用土洗澡；一天教多少多少次。它还半蹲着——我想这是相当劳累的——教它们挤在它的翅下、胸下，得一点温暖。它若伏在地上，鸡雏们有的便爬在它的背上，啄它的头或别的地方，它一声也不哼。

在夜间若有什么动静，它便放声号叫，顶尖锐，顶凄惨，使任何贪睡的人都得起来看看，是不是有了黄鼠狼。

它负责，慈爱，勇敢，辛苦，因为它有了一群鸡雏。它伟大，因为它是鸡母亲。一位母亲必定就是一个英雄！

我不敢再讨厌母鸡了！

猫

　　猫的性格实在有些古怪。说它老实吧，它的确有时候很乖。它会找个暖和地方，成天睡大觉，无忧无虑，什么事也不过问。可是，赶到它决定要出去玩玩，就会走出一天一夜，任凭谁怎么呼唤，它也不肯回来。说它贪玩吧，的确是呀，要不怎么会一天一夜不回家呢？可是，及至它听到点老鼠的响动啊，它又多么尽职，闭息凝视，一连就是几个钟头，非把老鼠等出来不拉倒！

　　它要是高兴，能比谁都温柔可亲：用身子蹭你的腿，把脖儿伸出来要求给抓痒，或是在你写稿子的时候，跳上桌来，在纸上踩印几朵小梅花。它还会丰富多腔地叫唤，长短不同，粗细各异，变化多端，力避单调。在不叫的时候，它还会咕噜咕噜地给自己解闷。这可都凭它的高兴。它若是不高兴啊，无论谁说多少好话，它一声也不出，连半个小梅花也不肯印在稿纸上！它倔强得很！

　　是，猫的确是倔强。看吧，大马戏团里什么狮子、老虎、大象、狗熊、甚至于笨驴，都能表演一些玩艺儿，可是谁见过耍猫呢？（昨天才听说：苏联的某马戏团里确有耍猫的，我当然还没亲眼见过。）

　　这种小动物确是古怪。不管你多么善待它，它也不肯跟着你上街去逛逛。它什么都怕,总想藏起来。可是它又那么勇猛,不要说见着小虫和老鼠,就是遇上蛇也敢斗一斗。它的嘴往往被蜂儿或蝎子螫的肿起来。

赶到猫儿们一讲起恋爱来,那就闹得一条街的人们都不能安睡。它们的叫声是那么尖锐刺耳,使人觉得世界上若是没有猫啊,一定会更平静一些。

可是,及至女猫生下两三个棉花团似的小猫啊,你又不恨它了。它是那么尽责地看护儿女,连上房兜兜风也不肯去了。

郎猫可不那么负责,它丝毫不关心儿女。它或睡大觉,或上屋去乱叫,有机会就和邻居们打一架,身上的毛儿滚成了毡,满脸横七竖八都是伤痕,看起来实在不大体面。好在它没有照镜子的习惯,依然昂首阔步,大喊大叫,它匆忙地吃两口东西,就又去挑战开打。有时候,它两天两夜不回家,可是当你以为它可能已经远走高飞了,它却瘸着腿大败而归,直入厨房要东西吃。

过了满月的小猫们真是可爱,腿脚还不甚稳,可是已经学会淘气。妈妈的尾巴,一根鸡毛,都是它们的好玩具,耍上没结没完。一玩起来,它们不知要摔多少跟头,但是跌倒即马上起来,再跑再跌。它们的头撞在门上,桌腿上,和彼此的头上。撞疼了也不哭。

它们的胆子越来越大,逐渐开辟新的游戏场所。它们到院子里来了。院中的花草可遭了殃。它们在花盆里摔跤,抱着花枝打秋千,所过之处,枝折花落。你不肯责打它们,它们是那么生气勃勃,天真可爱呀。可是,你也爱花。这个矛盾就不易处理。

现在,还有新的问题呢:老鼠已差不多都被消灭了,猫还有什么用处呢？而且，猫既吃不着老鼠，就会想办法去偷捉鸡雏或小鸭什么的开开斋。这难道不是问题么？

在我的朋友里颇有些位爱猫的。不知他们注意到这些问题没有？记得二十年前在重庆住着的时候，那里的猫很珍贵，须花钱去买。在当时，那里的老鼠是那么猖狂，小猫反倒须放在笼子里养着，以免被老鼠吃掉。据说，目前在重庆已很不容易见到老鼠。那么，那里的猫呢？是不是已经不放在笼子里，还是根本不养猫了呢？这须打听一下，以备参考。

也记得三十年前，在一艘法国轮船上，我吃过一次猫肉。事前，我并不知道那是什么肉，因为不识法文，看不懂菜单。猫肉并不难吃，虽不甚香美，可也没什么怪味道。是不是该把猫都送往法国轮船上去呢？我很难作出决定。

猫的地位的确降低了，而且发生了些小问题。可是，我并不为猫的命运多耽什么心思。想想看吧，要不是灭鼠运动得到了很大的成功，消除了巨害，猫的威风怎会减少了呢？两相比较，灭鼠比爱猫更重要的多，不是吗？我想，世界上总会有那么一天，一切都机械化了，不是连驴马也会有点问题吗？可是，谁能因耽忧驴马没有事作而放弃了机械化呢？

我的理想家庭

　　一个二十多岁的小伙子,讲恋爱,讲革命,讲志向,似乎天地之间,唯我独尊,简直想不到组织家庭——结婚既是爱的坟墓,家庭根本上是英雄好汉的累赘。及至过了三十,革命成功与否,事情好歹不论,反正领略够了人情世故,壮气就差点事儿了。虽然明知家庭之累,等于投胎为马为牛,可是人生总不过是如此,多少也得经验一番,既不坚持独身,结婚倒也还容易。于是发帖子请客,笑着开驶倒车,苦乐容或相抵,反正至少凑个热闹。到了四十,儿女已有二三,贫也好富也好,自己认头苦曳,对于年轻的朋友已经有好些个事儿说不到一处,而劝告他们老老实实的结婚,好早生儿养女,即是话不投缘的一例。到了这个年纪,设若还有理想,必是理想的家庭。倒退二十年,连这么一想也觉泄气。人生的矛盾可笑即在于此,年轻力壮,力求事事出轨,决不甘为火车;及至中年,心理的,生理的,种种理的什么什么,都使他不但非作火车不可,且作货车焉。把当初与现在一比较,判若两人,足够自已笑半天的!或有例外,实不多见。

　　明年我就四十了,已具说理想家庭的资格:大不必吹,盖亦自嘲。

　　我的理想家庭要有七间小平房:一间是客厅,古玩字画全非必要，只要几张很舒服很宽松的椅子，一二小桌。一间书房，书籍不少，不管什么头版与古本，而都是我爱读的。一张书桌，桌面是中国漆的，放上热茶杯不至烫成个圆白印儿。文具不讲究，可是都很好用，桌上老有一两枝鲜花，插在小瓶里。两间卧室，我独居一间，没有臭虫，而有一张极大极软的床。在这个床上，横睡直睡都可以，不论怎睡都一躺下就舒服合适，好像陷在棉花堆里，一点也不硬碰骨头。还有一间，是预备给客人住的。此外是一间厨房，一个厕所，没有下房，因为根本不预备用仆人。家中不要电话，不要播音机，不要留声机，不要麻将牌，不要风扇，不要保险柜。缺乏的东西本来很多，不过这几项是故意不要的，有人白送给我也不要。

院子必须很大。靠墙有几株小果木树。除了一块长方的土地，平坦无草，足够打开太极拳的，其他的地方就都种着花草——没有一种珍贵费事的，只求昌茂多花。屋中至少有一只花猫，院中至少也有一两盆金鱼；小树上悬着小笼，二三绿蝈蝈随意地鸣着。

这就该说到人了。屋子不多，又不要仆人，人口自然不能很多：一妻一儿一女就正合适。先生管擦地板与玻璃，打扫院子，收拾花木，给鱼换水，给蝈蝈一两块绿黄瓜或几个毛豆；并管上街送信买书等事宜。太太管做饭，女儿任助手——顶好是十二三岁，不准小也不准大，老是十二三岁。儿子顶好是三岁，既会讲话，又胖胖的会淘气。母女于做饭之外，就做点针线，看看小弟弟。大件衣服拿到外边去洗，小件的随时自己涮一涮。

既然有这么多工作，自然就没有多少工夫去听戏看电影。不过在过生日的时候，全家就出去玩半天；接一位亲戚或友的老太太给看家。过生日什么的永远不请客受礼，亲友家送来的红白帖子,就一概扔在字纸篓里,除非那真需要帮助的,才送一些干礼去。到过节过年的时候,吃食从丰,而且可以买一通纸牌,大家打打"索儿胡",赌铁蚕豆或花生米。

男的没有固定的职业;只是每天写点诗或小说,每千字卖上四五十元钱。女的也没事做,除了家务就读些书。儿女永不上学,由父母教给画图,唱歌,跳舞——乱蹦也算一种舞法——和文字,手工之类。等到他们长大,或者也会仗着绘画或写文章卖一点钱吃饭;不过这是后话,顶好暂且不提。

这一家人,因为吃得简单干净,而一天到晚又闲不着,所以身体都很不坏。因为身体好,所以没有肝火,大家都不爱闹脾气。除了为小猫上房,金鱼甩子等事着急之外,谁也不急叱白脸的。

大家的相貌也都很体面,不令人望而生厌。衣服可并不讲究,都做得结实朴素;永远不穿又臭又硬的皮鞋。男的很体面,可不露电影的明星气;女的很健美,可不红唇卷毛的鼻子朝着天。孩子们都不卷着舌头说话,淘气而不讨厌。

这个家庭顶好是在北平,其次是成都或青岛,至坏也得在苏州。无论怎样吧,反正必须在中国,因为中国是顶文明顶平安的国家;理想的家庭必在理想的国内也。

九九消寒圖

冬至日取紙印圈八
十有一以墨日填一
圈並記氣象變化如
上畫陰下畫晴左風
右雨雪當中填滿則
春回矣故名消寒圖
另有集九劃之字句
一九字日填一劃九字填
滿則楊柳回黃此皆
文人之雅戲也塾中
學童點徽效之過翻
字典挖空心思以擬
一辭余曾記有春前
庭柏風送香盈室盼
春信待看某俏柳染
至於真是活財神來
到咱家則俚俗甚矣
丁丑上元畫並記
俟長春

九九消寒图

　　在一张纸上画好九九八十一个轱辘线儿，冬至开始每天用墨填画一个圈，并且还记录下来当日的气候情况，那就是"上画阴，下画晴，左风右雨，雪当中"，八十一个圆圈都填好了，也正是春回大地之时了。另有一种便是文人的雅玩了，它是用九个九笔划的字组成一个词，将这九个端正的工楷写成双勾字，也是自冬至起每天用朱砂或墨填一笔，九个字填满，也就"杨柳回黄"了。常见的有"亭前垂柳珍重待春风"，"春前庭柏风送香盈室"，"盼春风重度帝城垂柳"。至于"真的活财神来到咱家"也就太俚俗了。

"住"的梦

在北平与青岛住家的时候,我永远没想到过:将来我要住在什么地方去。在乐园里的人或者不会梦想另辟乐园吧。

在抗战中,在重庆与它的郊区住了六年。这六年的酷暑重雾,和房屋的不像房屋,使我会作梦了。我梦想着抗战胜利后我应去住的地方。

不管我的梦想能否成为事实,说出来总是好玩的:

春天,我将要住在杭州,二十年前,我到过杭州,只住了两天。那是旧历的二月初,在西湖上我看见了嫩柳与菜花,碧浪与翠竹。山上的光景如何?没有看到。三四月的莺花山水如何,也无从晓得。但是,由我看到的那点春光,已经可以断定杭州的春天必定会教人整天生活在诗与图画中的。所以,春天我的家应当是在杭州。

夏天,我想青城山应当算作最理想的地方。在那里,我虽然只住过十天,可是它的幽静已拴住了我的心灵。在我所看见过的山水中,只有这里没有使我失望。它并没有什么奇峰或巨瀑,也没有多少古寺与胜迹,可是,它的那一片绿色已足使我感到这是仙人所应住的地方了。到处都是绿,而且都是像嫩柳那么淡,竹叶那么亮,蕉叶那么润,目之所及,那片淡而光润的绿色都在轻轻的颤动,仿佛要流入空中与心中去似的。这个绿色会像音乐似的，涤清了心中的万虑，山中有水，有茶，还有酒。早晚，即使在暑天，也须穿起毛衣。我想，在这里住一夏天，必能写出一部十万到二十万的小说。

假若青城去不成，求其次者才提到青岛。我在青岛住过三年，很喜爱它。不过，春夏之交，它有雾，虽然不很热，可是相当的湿闷。再说，一到夏天，游人来的很多，失去了海滨上的清静。美而不静便至少失去一半的美。最使我看不惯的是那些喝醉的外国水兵与差不多是裸体的，而没有曲线美的妓女。秋天，游人都走开，这地方反倒更可爱些。

不过，秋天一定要住北平。天堂是什么样子，我不晓得，但是从我的生活经验去判断，北平之秋便是天堂。论天气，不冷不热。论吃食，苹果，梨，柿，枣，葡萄，都每样有若干种。至于北平特产的小白梨与大白海棠，恐怕就是乐园中的禁果吧，连亚当与夏娃见了，也必滴下口水来！果子而外，羊肉正肥，高粱红的螃蟹刚好下市，而良乡的栗子也香闻十里。论花草，菊花种类之多，花式之奇，可以甲天下。西山有红叶可见，北海可以划船——虽然荷花已残，荷叶可还有一片清香。衣食住行，在北平的秋天，是没有一项不使人满意的。即使没有余钱买菊吃蟹，一两毛钱还可以爆二两羊肉，弄一小壶佛手露啊！

冬天，我还没有打好主意，香港很暖和，适于我这贫血怕冷的人去住，但是"洋味"太重，我不高兴去。广州，我没有到过，无从判断。成都或者相当的合适，虽然并不怎样和暖，可是为了水仙，素心腊梅，各色的茶花，与红梅绿梅，仿佛就受一点寒冷，也颇值得去了。昆明的花也多，而且天气比成都好，可是旧书铺与精美而便宜的小吃食远不及成都的那么多，专看花而没有书读似乎也差点事。好吧，就暂时这么规定：冬天不住成都便住昆明吧。

在抗战中，我没能发了国难财。我想，抗战结束以后，我必能阔起来，唯一的原因是我是在这里说梦。既然阔起来，我就能在杭州，青城山，北平，成都，都盖起一所中式的小三合房，自己住三间，其余的留给友人们住。房后都有起码是二亩大的一个花园，种满了花草；住客有随便折花的，便毫不客气的赶出去。青岛与昆明也各建小房一所，作为候补住宅。各处的小宅，不管是什么材料盖成的，一律叫作"不会草堂"——在抗战中，开会开够了，所以永远"不会"。

那时候，飞机一定很方便，我想四季搬家也许不至于受多大苦处的。假若那时候飞机减价，一二百元就能买一架的话，我就自备一架，择黄道吉日慢慢的飞行。

有了小孩之后

艺术家应以艺术为妻,实际上就是当一辈子光棍儿。在下闲暇无事,往往写些小说,虽一回还没自居过文艺家,却也感觉到家庭的累赘。每逢困于油盐酱醋的灾难中,就想到独人一身,自己吃饱便天下太平,岂不妙哉。

家庭之累,大半由儿女造成。先不用提教养的花费,只就淘气哭闹而言,已足使人心慌意乱。小女三岁,专会等我不在屋中,在我的稿子上画圈拉杠,且美其名曰"小济会写字"!把人要气没了脉,她到底还是有理!再不然,我刚想起一句好的,在脑中盘旋,自信足以愧死莎士比亚,假若能写出来的话。当是时也,小济拉拉我的肘,低声说:"上公园看猴?"于是我至今还未成莎士比亚。小儿一岁整,还不会"写字",也不晓得去看猴,但善亲亲,闭眼,张口展览上下四个小牙。我若没事,请求他闭眼,露牙,小胖子总会东指西指的打岔。赶到我拿起笔来,他那一套全来了,不但亲脸,闭眼,还"指"令我也得表演这几招。有什么办法呢?!

这还算好的。赶到小济午后不睡,按着也不睡,那才难办。到这么四点来钟吧,她的困闹开始,到五点钟我已没有人味。什么也不对,连公园的猴都变成了臭的,而且猴之所以臭,也应当由我负责。小胖子也有这种困而不睡的时候,大概多数是与小济同时发难。两位小醉鬼一齐找毛病，我就是诸葛亮恐怕也得唱空城计，一点办法没有！在这种干等束手被擒的时候，偏偏会来一两封快信——催稿子！我也只好闹脾气了。不大一会儿，把太太也闹急了，一家大小四口，都成了醉鬼，其热闹至为惊人。大人声言离婚，小孩怎说怎不是，于离婚的争辩中瞎打混。一直到七点后，二位小天使已困得动不的，离婚的宣言才无形的撤销。这还算好的。遇上小胖子出牙，那才真教厉害，不但白天没有情理，夜里还得上夜班。一会儿一醒，若被针扎了似的惊啼，他出牙，谁也不用打算睡。他的牙出利落了，大家全成了红眼虎。

不过，这一点也不妨碍家庭中爱的发展，人生的巧妙似乎就在这里。记得 Frank Harris①仿佛有过这么点记载：他说王尔德为那件不名誉的案子过堂被审，一开头他侃侃而谈，语多幽默。及至原告提出几个男妓作证人，王尔德没了脉，非失败不可了。Harris 以为王尔德必会说："我是个戏剧家，为观察人生，什么样的人都当交往。假若我不和这些人接触，我从哪里去找戏剧中的人物呢？"可是，王尔德竟自没这么答辩，官司就算输了！

把王尔德且放在一边；艺术家得多去经验，Harris 的意见，假若不是特为王尔德而发的，的确是不错。连家庭之累也是如此。还拿小孩们说吧——这才来到正题——爱他们吧，嫌他们吧，无论怎说，也是极可宝贵的经验。

在没有小孩的时候，一个人的世界还是未曾发现美洲的

---

① 弗兰克·哈里斯(1856—1931)，美国作家，著有《王尔德的生平与自由》等作品。

时候的。小孩是科仑布①,把人带到新大陆去。这个新大陆并不很远,就在熟习的街道上和家里。你看,街市上给我预备的,在没有小孩的时候,似乎只有理发馆,饭铺,书店,邮政局等。我想不出婴儿医院,糖食店,玩具铺等等的意义。连药房里的许许多多婴儿用的药和粉,报纸上婴儿自己药片的广告,百货店里的小袜子小鞋,都显着多此一举,劳而无功。及至小天使自天飞降,我的眼睛似乎戴上了一双放大镜,街市依然那样,跟我有关系的东西可是不知增加了多少倍! 婴儿医院不但挂着牌子,敢情里边还有医生呢。不但有医生,还是挺神气,一点也得罪不得。拿着医生所给的神符,到药房去,敢情那些小瓶子小罐都有作用。不但要买瓶子里的白汁黄面和各色的药饼,还得买瓶子罐子,轧粉的钵,量奶的漏斗,乳头,卫生尿布,玩艺多多了! 百货店里那些小衣帽,小家具,也都有了意义;原先以为多此一举的东西,如今都成了非它不行;有时候铺中缺乏了我所要的那一件小物品,我还大有看不起他们的意思:既是百货店,怎能不预备这件东西呢?! 慢慢的,全街上的铺子,除了金店与古玩铺,都有了我的足迹;连当铺也走得怪熟。铺中人也渐渐熟识了,甚至可以随便闲谈,以小孩为中心,谈得颇有味儿。伙计们,掌柜们,原来不仅是站柜作买卖,家中还有小孩呢!有的铺子,竟自敢允许我欠账,仿佛一有了小孩,我的人格也好了些,能被人信任。三节的账条来得很踊跃,使我明白了过节过年的时候怎样出汗。

小孩使世界扩大,使隐藏着的东西都显露出来。非有小孩不能明白这个。看着别人家的孩子,肥肥胖胖,整整齐齐,你总

---

① 科仑布,现译为哥伦布,意大利航海家,探险家。

觉得小孩们理应如此，一生下来就戴着小帽，穿着小袄，好像小雏鸡生下来就披着一身黄绒似的。赶到自己有了小孩，才能晓得事情并不这么简单。一个小娃娃身上穿戴着全世界的工商业所能供给的，给全家人以一切啼笑爱怨的经验，小孩的确是位小活神仙！

有了小活神仙，家里才会热闹。窗台上，我一向认为是摆花的地方。夏天呢，开着窗，风儿轻轻吹动花与叶，屋中一阵阵的清香。冬天呢，阳光射到花上，使全屋中有些颜色与生气。后来，有了小孩，那些花盆很神秘的都不见了，窗台上满是瓶子罐子，数不清有多少。尿布有时候上了写字台，奶瓶倒在书架上。大扫除才有了意义，是的，到时候非痛痛快快的收拾一顿不可了，要不然东西就有把人埋起来的危险。上次大扫除的时候，我由床底下找到了但丁的《神曲》。不知道这老家伙干吗在那里藏着玩呢！

人的数目也增多了，而且有很多问题。在没有小孩的时候，用一个仆人就够了，现在至少得用俩。以前，仆人"拿糖"，满可以暂时不用；没人作饭，就外边去吃，谁也不用拿捏谁。有了小孩，这点豪气乘早收起去。三天没人洗尿布，屋里就不要再进来人。牛奶等项是非有人管理不可，有儿方知卫生难，奶瓶子一天就得烫五六次；没仆人简直不行！有仆人就得捣乱，没办法！

好多没办法的事都得马上有办法，小孩子不会等着"国联"慢慢解决儿童问题。这就长了经验。半夜里去买药，药铺的门上原来有个小口，可以交钱拿药，早先我就不晓得这一招。西药房里敢情也打价钱，不等他开口，我就提出："还是四毛五？"这个"还是"使我省五分钱，而且落个行家。这又是一招。

打糖锣的
專賣小孩零食及要
貨之擔前為一荆條
筐上以竹劈作架成
一牟球狀小廬糊以
花楞紙內放小喇叭
花楞棒搬不倒兒泥
馬小炊具布娃絨馬
木質的刀槍削戰小
紙糊彩繪的鬼臉兒
靶子擔之另一頭為
一圓籠或一筐放有
糖豆杏乾桃脯乾柿
霜糖花生粘等小孩
零食販者手擊一大
銅鉦其聲鐺一另
鐺無需呦喚小孩即
閒聲奔至
於劇門
乙亥白露侯長春畫

打糖锣的

　　这是一种专卖儿童玩具和零食的担子，俗称"打糖锣的"。担子前面是一个竹筐或荆条筐，上面再接架子糊纸，成一龛状小屋，里面放着小孩儿喜欢的小喇叭、花楞棒、搬不倒儿、泥车马、泥巴儿狗、布娃娃、绒马、绒骆驼，以及纸糊彩画的鬼脸儿、木质的刀枪、小靶子等玩具。担子的另一头是一个圆笼，放有糖豆、杏干、桃脯干、柿霜糖、花生粘等小孩儿零食。贩者串巷游走，手中敲打一个尺许的铜锣，"喤喤一零喤喤，无需吆唤，小孩儿听见锣声就跑了过来。

找老妈子有作坊，当票儿到期还可以入利延期，也都被我学会。没功夫细想，大概自从有了儿女以后，我所得的经验至少比一张大学文凭所能给我的多着许多。大学文凭是由课本里掏出来的，现在我却念着一本活书，没有头儿。

连我自己的身体现在都会变形，经小孩们的指挥，我得去装马装牛，还须装得像个样儿。不但装牛像牛，我也学会牛的忍性，小胖子觉得"开步走"有意思，我就得百走不厌；只作一回，绝对不行。多咱他改了主意，多咱我才能"立正"。在这里，我体验出母性的伟大，觉得打老婆的人们满该下狱。

中秋节前来了个老道，不要米，不要钱，只问有小孩没有？看见了小胖子，老道高了兴，说十四那天早晨须给小胖子左腕上系一根红线。备清水一碗，烧高香三炷，必能消灾除难。右邻家的老太太也出来看，老道问她有小孩没有，她惨淡的摇了摇头。到了十四那天，倒是这位老太太的提醒，小胖子的左腕上才拴了一圈红线。小孩子征服了老道与邻家老太太。一看胖手腕的红线，我觉得比写完一本伟大的作品还骄傲，于是上街买了两尊兔子王，感到老道，红线，兔子王，都有绝大的意义！

文艺副产品

——孩子们的事情

自去年秋天辞去了教职，就拿写稿子挣碗"粥"吃——"饭"是吃不上的。除了星期天和闹肚子的时候，天天总动动笔，多少不拘，反正得写点儿。于是，家庭里就充满了文艺空气，连小孩们都到时候懂得说："爸爸写字吧。"文艺产品并没能大量的生产，因为只有我这么一架机器，可是出了几样副产品，说说倒也有趣：

（一）自由故事。须具体的说来：

早九点，我拿起笔来。烟吸过三枝，笔还没落到纸上一回。小济（女，实岁数三岁半）过来检阅，见纸白如旧，就先笑一声，而后说："爸，怎么没有字呢？"

"待一会儿就有，多多的字！"

"啊！爸，说个故事？"

我不语。

"爸快说呀，爸！"她推我的肘，表示我即使不说，反正肘部摇动也写不了字。

这时候，小乙（男，实岁数一岁半，说话时一字成句，简当而有含蓄）来了，妈妈在后面跟着。

见生力军到来，小济的声势加旺："快说呀！快说呀！"

我放下笔："有那么一回呀——"

小乙:"回！"

小济:"你别说,爸说！"

爸:"有那么一回呀,一只大白兔——"

小乙:"兔兔！"

小济:"别——"

小乙撇嘴。

妈妈:"得,得,得,不哭！兔兔！"

小乙:"兔兔！"泪在眼中一转,不知转到哪里去了。

爸:"对了,有两只大白兔——"

小乙:"泡泡！"

妈:"小济,快,找小盆去！"

爸:"等等,小乙,先别撒！"随小济作快步走,床下椅子,分头找小盆,至为紧张,且喊且走。"小盆在哪儿?"办在此屋中,云深不知处,无论如何,找不到小盆。

妈拽小乙疾走如风,入厕,风暴渐息。

归位,小济未忘前事:"说呀！"

爸:"那什么,有三只大白兔——"等小乙答声,我好想主意。

小乙尿后,颇镇定,把手指放在口中。

妈:"不含手指,臭！"

小乙置之不理。

小济:"说那个小猪吃糕糕的,爸！"

小乙:"糕糕,吃！"他以为是到了吃点心的时候呢。

妈:"小猪吃糕糕,小乙不吃。"

爸说了小猪吃糕糕。说完,又拿起笔来。

小济:"白兔呢?"

颇成问题！小猪吃糕糕与白兔如何联到一处呢？

门外："给点什么吃啵，太太！"

小济小乙齐声："太太！"

全家摆开队伍，由爸代表，给要饭的送去铜子儿一枚。

故事告一段落。

这种故事无头无尾，变化万端，白兔不定几只，忽然转到小猪吃糕糕，若不是要饭的来解围，故事便当延续下去，谁也不晓得说到哪里去，故定名为"自由故事"。此种故事在有小孩的家中非常方便好用，作者信口开河，随听者的启示与暗示而逗宕多姿，著者与听者打成一片，无隔膜抵触之处，其体裁既非童话，也非人话，乃一片行云流水，得天然之美，极当提倡。故事里毫无教训，而充分运用着作者与听者的想象，故甚可贵。

(二)新蝌蚪文：

在以前没有小孩的时候，我写好了稿纸，便扔在纸篓里。自从小济会拿铅笔，此项废纸乃有出路，统统归她收藏。

我越写不上来，她越闹哄得厉害：逼我说故事，劝我带她上街，要不然就吃一个苹果："小济一半，爸一半！"我没有办法，只好把刚写上三五句不像话的纸送给她："看这张大纸，多么白，去，找笔来，你也写字，好不好？"赶上她顺心，她就找来铅笔头儿，搬来小板凳，以椅为桌，开始写字。

她已三岁半，可是一个字不识。我不主张早教孩子们认字。我对于教养小孩，有个偏见——也许是"正"见，六岁以前，不教给他们任何东西，只劳累他们的身体，不劳累脑子。养得脸蛋儿红扑扑的，胳膊腿儿挺有劲，能蹦能闹，便是好孩子。过六岁，该受教育了，但仍不从严督促。他们有聪明，爱读书呢，好;没聪明而不爱读书呢,也好。反正有好身体才能活着,女的去作舞女,男的去拉洋车,大腿生活也就不错,不用着急。

这就可以想象到小济写的是什么字了:用铅笔一按,在格中按了个小小的黑点,突然往上或往下一拉,成了小蝌蚪。一个两个,一行两行,一次能写满半张纸,写完半张,她也照着爸的样子说:该歇歇了!"于是去找弟弟玩耍,忘了说故事与吃苹果等要求。我就安心写作一会儿。

(三)卡通演义:

因为有书,看惯了,所以孩子们也把书当作玩艺儿。玩别的玩腻了,便念书玩。小乙的办法是把书挡住眼,口中嘟嘟嘟嘟;小济的办法是找图画念,口中唱着:一个小人儿,一个小鸟儿,又一个小人儿……

俩孩子最喜爱的一本是朋友给我寄来的一本英国卡通册子,通体都是画儿,所以俩孩子争着看。他们看小人儿,大人可受罪了,他们教我给"说"呀,篇篇是讽刺画儿,我怎么"说"呢?急中生智,我顺口答音,见机而作,就景生情,把小人儿全联到一处,成为完整而又变化很多的故事。

说完了,他们不记得,我也不记得;明天看,明天再编新词儿。英国的首相,在我们的故事里,叫作"大鼻子";麦克唐纳是"大脑袋",由小乙的建议呢,凡戴眼镜儿的都是"爸"——因为我戴眼镜儿。我们的故事总是很热闹,"大鼻子叼着大烟袋锅,大脑袋张着嘴,没有烟袋,大鼻子不给他,大脑袋就生气,爸就来劝,得了,别生气……"

卡通演义比普通故事更有趣,因为照着图来说,总得设法就图造事,不能三只四只白兔的乱说。说的人既须费些思索,故事自然分外的动听,听者也就多加注意。现在,小乙不怕是把这本册子拿倒了,也能指出哪个是英国首相——"鼻!"歪打正着,这也许能帮助训练他们的观察能力;自然,没有这种好处,我们也都不在乎;反正我们的故事很热闹。

(四)改造杂志:

我们既能把卡通给孩子讲通了,那么,什么东西也不难改造了。我们每月固定的看《文学》,《中流》,《青年界》,《宇宙风》,《论语》,《西风》,《谈风》,《方舟》;除了《方舟》是定阅的,其余全是赠阅的。此外,我们还到小书铺里去"翻"各种刊物,看着题目好,就买回来。无论是什么刊物吧,都是先由孩子们看画儿,然后大人们念字。字,有时候把大人憋住,怎念怎不明白。画,完全没困难。普式庚①的像,罗丹的雕刻,苏联的木刻……我们都设法讲解明白了。无论什么严重的事,只要有图,一到我们家里便变成笑话。所以我们时常感到应向各刊物的编辑道歉,可是又不便于道歉,因为我们到底是看了,而且给它们另找出一种意义来呀。

(五)新年特刊:

这是我们家中自造的刊物:用铜钉按在墙上,便是壁画;不往墙上钉呢,便是活页的杂志。用不着花印刷费,也不必征求稿件,只须全家把"画来——卖画"的卖年画的包围住,花上两三毛钱,便能五光十色的得到一大堆图画。小乙自己是胖小子,所以也爱胖小子,于是胖小子抱鱼——"富贵有余"——胖小子上树——摇钱树——便算是由他主编,自成一组。小济是主编故事组:"小叭儿狗会擀面","小小子坐门墩","探亲相

---

① 普式庚,即普希金(1799—1837),俄罗斯诗人、作家。

骂"……都由她收藏管理，或贴在她的床前。戏出儿和渔家乐什么的算作爸与妈的，妈担任说明画上的事情，爸担任照着戏出儿整本的唱戏，文武昆乱，生末净旦丑，一概不挡，烦唱那出就唱哪出。这一批年画儿能教全家有的说，有的看，有的唱，热闹好几个月。地上也是，墙上也是，都彩色鲜明，百读不厌。我们这个特刊是文艺、图画、戏剧、歌唱的综合；是国货艺术与民间艺术的拥护；是大人与小孩的共同恩物。看完这个特刊，再看别的杂志，我们觉得还是我们自家的应属第一。

好啦，就说到此为止吧。

七巧板者以一正方之板割成两大两小一中之等腰三角形及一小正方形及一平行四边形以此七枚形板组拼人物景物以娱乐也今日观之乃可培养概括能力及形象思维之智力玩具也

庚辰梅月季彦侯长春画拼记

七巧板

　　七巧板者以一正方之板割成两大、两小、一中之等腰三角形和一小正方形、一平行四边形，以此七枚形板组拼人物、景物娱乐也。今日观之，乃可培养概括能力及形象思维之智力玩具也。

多鼠斋杂谈

一　戒酒

并没有好大的量,我可是喜欢喝两杯儿。因吃酒,我交下许多朋友——这是酒的最可爱处。大概在有些酒意之际,说话作事都要比平时豪爽真诚一些,于是就容易心心相印,成为莫逆。人或者只在"喝了"之后,才会把专为敷衍人用的一套生活八股抛开,而敢露一点锋芒或"谬论"——这就减少了我脸上的俗气,看着红扑扑的,人有点样子!

自从在社会上作事至今的廿五六年中,虽不记得一共醉过多少次,不过,随便的一想,便颇可想起"不少"次丢脸的事来。所谓丢脸者,或者正是给脸上增光的事,所以我并不后悔。酒的坏处并不在撒酒疯,得罪了正人君子——在酒后还无此胆量,未免就太可怜了!酒的真正的坏处是它伤害脑子。

"李白斗酒诗百篇"是一位诗人赠另一位诗人的夸大的谀赞。据我的经验,酒使脑子麻木、迟钝、并不能增加思想产物的产量。即使有人非喝醉不能作诗,那也是例外,而非正常。在我患贫血病的时候,每喝一次酒,病便加重一些;未喝的时候若患头"昏",喝过之后便改为"晕"了,那妨碍我写作!

对肠胃病更是死敌。去年,因医治肠胃病,医生严嘱我戒酒。从去岁十月到如今，我滴酒未入口。

不喝酒，我觉得自己像哑吧了：不会嚷叫，不会狂笑，不会说话！啊，甚至于不会活着了！可是，不喝也有好处，肠胃舒服，脑袋昏而不晕，我便能天天写一二千字！虽然不能一口气吐出百篇诗来，可是细水长流的写小说倒也保险；还是暂且不破戒吧！

二　戒烟

戒酒是奉了医生之命，戒烟是奉了法弊的命令。什么？劣如"长刀"也卖百元一包？老子只好咬咬牙，不吸了！

从廿二岁起吸烟，至今已有一世纪的四分之一。这廿五年养成的习惯，一旦戒除可真不容易。

吸烟有害并不是戒烟的理由。而且，有一切理由，不戒烟是不成。戒烟凭一点"火儿"。那天，我只剩了一支"华丽"。一打听，它又长了十块！三天了，它每天长十块！我把这一支吸完，把烟灰碟擦干净，把洋火放在抽屉里。我"火儿"啦，戒烟！

没有烟，我写不出文章来。廿多年的习惯如此。这几天，我硬撑！我的舌头是木的，嘴里冒着各种滋味的水，嗓门子发痒，太阳穴微微的抽着疼！——顶要命的是脑子里空了一块！不过，我比烟要更厉害些：尽管你小子给我以各样的毒刑，老子要挺一挺给你看看！

毒刑夹攻之后，它派来会花言巧语的小鬼来劝导："算了吧，也总算是个老作家了，何必自苦太甚！况且天气是这么热；要戒，等到秋凉，总比较的要好受一点呀！"

"去吧！魔鬼！咱老子的一百元就是不再买又霉、又臭、又硬、又伤天害理的纸烟！"

今天已是第六天了，我还撑着呢！长篇小说没法子继续写下去；谁管它！除非有人来说："我每天送你一包'骆驼'，或廿支'华福'，一直到抗战胜利为止！"我想我大概不会向"人头狗"和"长刀"什么的投降的！

三 戒茶

我既已戒了烟酒而半死不活，因思莫若多加几种，爽性快快的死了倒也干脆。

谈再戒什么呢？

戒荤吗？根本用不着戒，与鱼不见面者已整整二年，而猪羊肉近来也颇疏远。还敢说戒？平价之米，偶而有点油肉相佐，使我绝对相信肉食者"不鄙"！若只此而戒除之，则腹中全是平价米，而人也决变为平价人，可谓"鄙"矣！不能戒荤！

必不得已，只好戒茶。

我是地道中国人，咖啡、蔻蔻、汽水、啤酒，皆非所喜，而独喜茶。有一杯好茶，我便能万物静观皆自得。烟酒虽然也是我的好友，但它们都是男性的——粗莽，热烈，有思想，可也有火气——未若茶之温柔，雅洁，轻轻的刺戟，淡淡的相依；茶是女性的。

我不知道戒了茶还怎样活着，和干吗活着。但是，不管我愿意不愿意，近来茶价的增高已教我常常起一身小鸡皮疙瘩！

茶本来应该是香的，可是现在卅元一两的香片不但不香，而且有一股子咸味！为什么不把咸蛋的皮泡泡来喝，而单去买咸茶呢？六十元一两的可以不出咸味，可也不怎么出香味，六十元一两啊！谁知道明天不就又长一倍呢！

恐怕呀,茶也得戒！我想,在戒了茶以后,我大概就有资格到西方极乐世界去了——要去就抓早儿,别把罪受够了再去！想想看,茶也须戒！

四　猫的早餐

多鼠斋的老鼠并不见得比别家的更多，不过也不比别处的少就是了。前些天,柳条包内,棉袍之上,毛衣之下,又生了一窝。

没法不养只猫子了,虽然明知道一买又要一笔钱,"养"也至少须费些平价米。

花了二百六十元买了只很小很丑的小猫来。我很不放心。单从身长与体重说,厨房中的老一辈的老鼠会一日咬两只这样的小猫的。我们用麻绳把咪咪拴好,不光是怕它跑了,而是怕它不留神碰上老鼠。

我们很怕咪咪会活不成的,它是那么瘦小,而且终日那么团着身哆哩哆嗦的。

人是最没办法的动物,而他偏偏爱看不起别的动物,替它们担忧。

吃了几天平价米和煮包谷,咪咪不但没有死,而且欢蹦乱跳的了。它是个乡下猫,在来到我们这里以前,它连米粒与包谷粒大概也没吃过。

我们总觉得有点对不起咪咪——没有鱼或肉给它吃,没有牛奶给它喝。猫是食肉动物,不应当吃素！

可是,这两天,咪咪比我们都要阔绰了;人才真是可怜虫呢!昨天,我起来相当的早,一开门咪咪骄傲的向我叫了一声,右爪按着个已半死的小老鼠。咪咪的旁边,还放着一大一小的两个死蛙——也是咪咪咬死的,而不屑于去吃,大概死蛙的味道不如老鼠的那么香美。

我怔住了,我须戒酒、戒烟、戒茶、甚至要戒荤,而咪咪——会有两只蛙,一只老鼠作早餐!说不定,它还许已先吃过两三个蚱蜢了呢!

五 最难写的文章

或问:什么文章最难写?

答:自己不愿意写的文章最难写。比如说:邻居二大爷年七十,无疾而终。二大爷一辈子吃饭穿衣,喝两杯酒,与常人无异。他没立过功,没立过言。他少年时是个连模样也并不惊人的少年,到老年也还是个平平常常的老人,至多,我只能说他是个安分守己的好公民。可是,文人的灾难来了!二大爷的儿子——大学毕业,现在官居某机关科员——送过来讣文,并且诚恳的请赐挽词。我本来有两句可以赠给一切二大爷的挽词:"你死了不能再见,想起来好不伤心!"可是我不敢用它来搪塞二大爷的科员少爷,怕他说我有意侮辱他的老人。我必须另想几句——近邻,天天要见面,假若我决定不写,科员少爷会恼我一辈子的。可是,老天爷,我写什么呢?

在这很为难之际,我真佩服了从前那些专凭作挽诗寿序挣吃饭的老文人了!你看,还以二大爷这件事为例吧,差不多除了扯谎,我简直没法写出一个字。我得说二大爷天生的聪明绝顶,可是还"别"说他虽聪明绝顶,而并没著过书,没发明过什么东西,和他在算钱的时候总是脱了袜子的。是的,我得把别人的长处硬派给二大爷,而把二大爷的短处一字不题。这不是作诗或写散文,而是替死人来骗活人!我写不好这种文章,因为我不喜欢扯谎。

在挽诗与寿序等而外,就得算"九一八","双十"与"元旦"什么的最难写了。年年有个元旦,年年要写元旦,有什么好写呢?每逢接到报馆为元旦增刊征文的通知,我就想这样回复:"死去吧!省得年年教我吃苦!"可是又一想,它死了岂不又须作挽联啊?于是只好按住心头之火,给它拼凑几句——这不是我作文章,而是文章作我!说到这里,相应提出:"救救文人!"的口号,并且希望科员少爷与报馆编辑先生网开一面,叫小子多活两天!

六 最可怕的人

我最怕两种人:第一种是这样的——凡是他所不会的,别人若会,便是罪过。比如说:他自己写不出幽默的文字来,所以他把幽默文学叫作文艺的脓汁,而一切有幽默感的文人都该加以破坏抗战的罪过。他不下一番工夫去考查考查他所攻击的东西到底是什么,而只因为他自己不会,便以为那东西该死。这是最要不得的态度,我怕有这种态度的人,因为他只会破坏,对人对己都全无好处。假若他作公务员,他便只有忌妒,甚至因忌妒别人而自己去作汉奸;假若他是文人,他便也只会忌妒,而一天到晚浪费笔墨,攻击别人,且自鸣得意,说自己颇会批评——其实是扯淡!这种人乱骂别人,而自己永不求进步;他污秽了批评,且使自己的心里堆满了尘垢。

第二种是无聊的人。他的心比一个小酒盅还浅，而面皮比墙还厚。他无所知，而自信无所不知。他没有不会干的事，而一切都莫名其妙。他的谈话只是运动运动唇齿舌喉，说不说与听不听都没有多大关系。他还在你正在工作的时候来"拜访"。看你正忙着，他赶快就说，不耽误你的工夫。可是，说罢便安然坐下了——两个钟头以后，他还在那儿坐着呢！他必须谈天气，谈空袭，谈物价，而且随时给你教训："有警报还是躲一躲好！"或是"到八月节物价还要涨！"他的这些话无可反驳，所以他会百说不厌，视为真理。我真怕这种人，他耽误了我的时间，而自杀了他的生命！

七 衣

对于英国人，我真佩服他们的穿衣服的本领。一个有钱的或善交际的英国人，每天也许要换三四次衣服。开会，看赛马，打球，跳舞……都须换衣服。据说：有人曾因穿衣脱衣的麻烦而自杀。我想这个自杀者并不是英国人。英国人的忍耐性使他们不会厌烦"穿"和"脱"，更不会使他们因此而自杀。

我并不反对穿衣要整洁，甚至不反对衣服要漂亮美观。可是，假若教我一天换几次衣服，我是也会自杀的。想想看，系钮扣解钮扣，是多么无聊的事！而钮扣又是那么多，那么不灵敏，那么不起好感，假若一天之中解了又系，系了再解，至数次之多，谁能不感到厌世呢！

在抗战数年中，生活是越来越苦了。既要抗战，就必须受苦，我决不怨天尤人。再进一步，若能从苦中求乐，则不但可以不出怨言，而且可以得到一些兴趣，岂不更好呢！在衣食住行人生四大麻烦中,食最不易由苦中求乐,菜根香一定香不过红烧蹄膀!菜根使我贫血;"狮子头"却使我壮如雄狮!

住和行虽然不像食那样一点不能将就,可是也不会怎样苦中生乐。三伏天住在火炉子似的屋内,或金鸡独立的在汽车里挤着,我都想掉泪,一点也找不出乐趣。

只有穿的方面,一个人确乎能由苦中找到快活。七七抗战后,由家中逃出,我只带着一件旧夹袍和一件破皮袍,身上穿着一件旧棉袍。这三袍不够四季用的,也不够几年用的。所以,到了重庆,我就添置衣裳。主要的是灰布制服。这是一种"自来旧"的布作成的一下水就一蹶不振,永远难看。吴组缃先生名之为斯文扫地的衣服。可是,这种衣服给我许多方便——简直可以称之为享受!我可以穿着裤子睡觉,而不必担心裤缝直与不直;它反正永远不会直立。我可以不必先看看座位,再去坐下;我的宝裤不怕泥土污秽,它原是自来旧。雨天走路,我不怕汽车。晴天有空袭,我的衣服的老鼠皮色便是伪装。这种衣服给我舒适,因而有亲切之感。它和我好像多年的老夫妻,彼此有完全的了解,没有一点隔膜。

我希望抗战胜利之后,还老穿着这种困难衣,倒不是为省钱,而是为舒服。

八 行

朋友们屡屡函约进城,始终不敢动。"行"在今日,不是什么好玩的事。看吧,从北碚到重庆第一就得出"挨挤费"一千四百四十元。所谓挨挤费者就是你须到车站去"等",等多少时间?没人能告诉你。幸而把车等来,你还得去挤着买票,假若你挤不上去，那是你自己的无能，只好再等。幸而票也挤到手，你就该到车上去挨挤。这一挤可厉害！你第一要证明了你的确是脊椎动物，无论如何你都能直挺挺的立着。第二，你须证明在进化论中，你确是猴子变的，所以现在你才嘴手脚并用，全身紧张而灵活，以免被挤成像四喜丸子似的一堆肉。第三，你须有"保护皮"，足以使你全身不怕伞柄、胳臂肘、脚尖、车窗，等等的戳、碰、刺、钩；否则你会遍体鳞伤。第四，你须有不中暑发痧的把握，要有不怕把鼻子伸在有狐臭的腋下而不能动的本事……你须备有的条件太多了，都是因为你喜欢交那一千四百多元的挨挤费！

我头昏，一挤就有变成爬虫的可能，所以，我不敢动。

再说，在重庆住一星期，至少花五六千元；同时，还得耽误一星期的写作；两面一算，使我胆寒！

以前，我一个人在流亡，一人吃饱便天下太平，所以东跑西跑，一点也不怕赔钱。现在，家小在身边，一张嘴便是五六个嘴一齐来，于是嘴与胆子乃适成反比，嘴越多，胆子越小！

重庆的人们哪，设法派小汽车来接呀，否则我是不会去看你们的。你们还得每天给我们一千元零花。烟、酒都无须供给，我已戒了。啊，笑话是笑话，说真的，我是多么想念你们，多么渴望见面畅谈呀！

九 狗

中国狗恐怕是世界上最可怜最难看的狗。此处之"难看"并不指狗种而言，而是与"可怜"密切相关。无论狗的模样身材如何，只要喂养得好，它便会长得肥肥胖胖的，看着顺眼。中国人穷。人且吃不饱,狗就更提不到了。因此,中国狗最难看;不是因为它长得不体面,而是因为它骨瘦如柴,终年夹着尾巴。

每逢我看见被遗弃的小野狗在街上寻找粪吃,我便要落泪。我并非是爱作伤感的人,动不动就要哭一鼻子。我看见小狗的可怜,也就是感到人民的贫穷。民富而后猫狗肥。

中国人动不动就说:我们地大物博。那也就是说,我们不用着急呀,我们有的是东西,永远吃不完喝不尽哪!哼,请看看你们的狗吧!

还有:狗虽那么摸不着吃,(外国狗吃肉,中国狗吃粪;在动物学上,据说狗本是食肉兽。)那么随便就被人踢两脚,打两棍,可是它们还照旧的替人们服务。尽管它们饿成皮包着骨,尽管它们刚被主人踹了两脚,它们还是极忠诚的去尽看门守夜的责任。狗永远不嫌主人穷。这样的动物理应得到人们的赞美,而忠诚、义气、安贫、勇敢,等等好字眼都该归之于狗。可是,我不晓得为什么中国人不分黑白的把汉奸与小人叫作走狗,倒仿佛狗是不忠诚不义气的动物。我为狗喊冤叫屈!

猫才是好吃懒作,有肉即来,无食即去的东西。洋奴与小人理应被叫作"走猫"。

或者是因为狗的脾气好,不像猫那样傲慢,所以中国人不说"走猫"而说"走狗"?假若真是那样,我就又觉得人们未免有点"软的欺,硬的怕"了!

不过,也许有一种狗,学名叫作"走狗";那我还不大清楚。

十 帽

在"七七"抗战后,从家中跑出来的时候,我的衣服虽都是旧的,而一顶呢帽却是新的。那是秋天在济南花了四元钱买的。

廿八年随慰劳团到华北去,在沙漠中,一阵狂风把那顶呢帽刮去,我变成了无帽之人。假若我是在四川,我便不忙于去再买一顶——那时候物价已开始要张开翅膀。可是,我是在北方,天已常常下雪,我不可一日无帽。于是,在宁夏,我花了六元钱买了一顶呢帽。在战前它公公道道的值六角钱。这是一顶很顽皮的帽子。它没有一定的颜色,似灰非灰,似紫非紫,似赭非赭,在阳光下,它仿佛有点发红,在暗处又好似有点绿意。我只能用"五光十色"去形容它,才略为近似。它是呢帽,可是全无呢意。我记得呢子是柔软的,这顶帽可是非常的坚硬,用指一弹,它嗒嗒的响。这种不知何处制造的硬呢会把我的脑门儿勒出一道小沟,使我很不舒服;我须时时摘下帽来,教脑袋休息一下!赶到淋了雨的时候,它就完全失去呢性,而变成铁筋洋灰的了。因此,回到重庆以后,我总是能不戴它就不戴;一看见它我就有点害怕。

因为怕它,所以我在白象街茶馆与友摆龙门阵之际,我又买了一顶毛织的帽子。这一顶的确是软的,软得可以折起来,我很高兴。

不幸,这高兴又是短命的。只戴了半个钟头,我的头就好像发了火,痒得很。原来它是用野牛毛织成的。它使脑门热得出汗,而后用那很硬的毛儿刺那张开的毛孔!这不是戴帽,而是上刑!

把这顶野牛毛帽放下,我还是得戴那顶铁筋洋灰的呢帽。经雨淋、汗沤、风吹、日晒,到了今年,这顶硬呢帽不但没有一定的颜色,也没有一定的样子了——可是永远不美观。每逢戴上它,我就躲着镜子;我知道我一看见它就必有斯文扫地之感!

前几天,花了一百五十元把呢帽翻了一下。它的颜色竟自有了固定的倾向,全体都发了红。它的式样也因更硬了一些而暂时有了归宿,它的确有点帽子样儿了! 它可是更硬了,不留神,帽沿碰在门上或硬东西上,硬碰硬,我的眼中就冒了火花! 等着吧,等到抗战胜利的那天,我首先把它用剪子铰碎,看它还硬不硬!

十一 昨天

昨天一整天不快活。老下雨,老下雨,把人心都好像要下湿了!

有人来问往哪儿跑?答以:嘉陵江没有盖儿。邻家聘女。姑娘有二十二三岁,不难看。来了一顶轿子,她被人从屋中掏出来,放进轿中;轿夫抬起就走。她大声的哭。没有锣鼓。轿子就那么哭着走了。看罢,我想起幼时在鸟市上买鸟。贩子从大笼中抓出鸟来,放在我的小笼中,鸟尖锐的叫。

黄狼夜间将花母鸡叼去。今午,孩子们在山坡后把母鸡找到。脖子上咬烂,别处都还好。他们主张还炖一炖吃了。我没拦阻他们。乱世,鸡也该死两道的。

头总是昏。一友来,又问:“何以不去打补针?”我笑而不答,心中很生气。

正写稿子,友来。我不好让他坐。他不好意思坐下,又不好意思马上就走。中国人总是过度的客气。

友人函告某人如何,某事如何,即答以:“大家肯把心眼放大一些,不因事情不尽合己意而即指为恶事,则人世纠纷可减半矣!”发信后,心中仍在不快。

长篇小说越写越不像话,而索短稿者且多,颇郁郁!

晚间屋冷话少,又戒了烟,呆坐无聊,八时即睡。这是值得记下来的一天——没有一件痛快事!在这样的日子,连一句漂亮的话也写不出!为什么我们没有伟大的作品哪?哼,谁知道!

十二　傻子

在民间的故事与笑话里,有许多许多是讲兄弟三个,或姐妹三个,或盟兄弟三个,或女婿三个;第三个必定是傻子,而傻子得到最后的胜利。据说这种结构的公式是世界性的,世界各处都有这样的故事与笑话。为什么呢?因为人们是同情于弱者的。三弟三妹三女婿既最幼,又最傻,所以必须胜利。

和许多别种民间故事与笑话的含义一样,这种同情弱者的表示可也许是"夫子自道也",这就是说:人民有一肚子委屈而无处去诉,就只好想象出一位"臣包文正",或北侠欧阳春来,给他们撑一撑腰,吐一口气。同样的,他们制造出弱者胜利的故事与笑话,也是为了自慰;故事与笑话中的傻子就是他们自己。他们自己既弱且愚,可是他们讽刺了那有势力,有钱财,与有学问的人,他们感到胜利。

可是,这种讽刺的胜利到底是否真正的胜利,就不大好说。假若胜利必须是精神上的呢,他们大概可以算得了胜。反之,精神胜利若因无补于实际而算不得胜利,那就不大好办了。

在我们的民间,这种傻子胜利的故事与笑话似乎比哪一国都多。我不知道,我应当庆祝他们已经得到胜利,还是应当把我的"怪难过的"之感告诉给他们。

考而不死是为神

考试制度是一切制度里最好的，它能把人支使得不像人了，而把脑子严格的分成若干小块块。一块装历史，一块装化学，一块……

比如早半天考代数，下午考历史，在午饭的前后你得把脑子放在两个抽屉里，中间连一点缝子也没有才行。设若你把 X+Y 和一八二八弄到一处，或者找唐朝的指数，你的分数恐怕是要在二十上下。你要晓得，状元得来个一百分呀。得这么着：上午，你的一切得是代数，仿佛连你是黄帝的子孙，和姓字名谁，全根本不晓得。你就像刚由方程式里钻出来，全身的血脉都是 X 和 Y。赶到刚一交卷，你立刻成了历史，向来没听说过代数是什么。亚力山大，秦始皇等就是你的爱人，连他们的生日是某年某月某时都知道。代数与历史千万别联宗，也别默想二者的有无关系，你是赴考呀，赴考的期间你别自居为人，你是个会吐代数，吐历史的机器。

这样考下去，你把各样功课都吐个不大离，好了，你可以现原形了；睡上一天一夜，醒来一切茫然，代数历史化学诸般武艺通通忘掉，你这才想起"妹妹我爱你"。这是种蛇脱皮的工作，旧皮脱尽才能自由；不然，你这条蛇不曾得到文凭，就是你爱妹妹，妹妹也不爱你，准的。

最难的是考作文。在化学与物理中间，忽然叫你"人生于世"。你的脑子本来已分成若干小块，分得四四方方，清清楚楚，忽然来了个没有准地方的东西，东扑扑个空，西扑扑个空，除了出汗没有合适的办法。你的心已冷两三天，忽然叫你拿出情绪作用，要痛快淋漓，慷慨激昂，假如题目是"爱国论"，或"天下兴亡匹夫有责"；你的心要是不跳吧，笔下便无血无泪；跳吧，下午还考物理呢。把定律们都跳出去，或是跳个乱七八糟，爱国是爱了，而定律一乱则没有人替你整理，怎办？幸而不是爱国论，是山中消夏记，心无须跳了。可是，得有诗意呀。仿佛考完代数你更文雅了似的！假如你能逃出这一关去，你便大有希望了，够分不够的，反正你死不了了。被"人生于世"憋死，不是什么稀罕的事。

说回来，考试制度还是最好的制度。被考死的自然无须用提。假若考而不死，你放胆活下去吧，这已明明告诉你，你是十世童男转身。

看榜

旧时，大中小学录取新生皆张榜于门外墙上，按分数高低排定名次，毛笔工楷书于白纸上；首端大书一榜字，外勾红圈，更于最后一名下用红笔一勾，以示结束。故戏称末名考生为坐红椅子的或以为红椅子为坏学生之代号，非也。

梦想的文艺

我盼望总会有那么一天,我可以随便到世界任何地方去,而没有人偷偷的跟在我背后,没有人盘问我到哪里去和干什么去,也没有人检查我的行李。那就是我的理想世界!在那个世界里,我爱写什么便写什么,正如同我爱到何处去便到何处那样。我相信,在那个世界里,文艺将是讲绝对的真理的,既不忌讳什么而吞吞吐吐,也不因遵守标语口号而把某一帮一行的片面,当作真理。那时候,我的笔下对真理负责,而不帮着张三或李四去辩论曲直是非——他们俩最好找律师去解决那些鸡毛蒜皮的事。

那时候,我若到了德国,便直言无隐的告诉德国人,他们招待客人还太拘形式,使我感到不舒服。(德国人在那时候当然已早忘了制造战争,而很忠诚的制造阿司匹灵)。他们听了并不生气,而赶快去研究怎样可以不拘形式而把客人招待得从心眼里觉得安逸。同样的,我可以在伦敦讽刺英国的士大夫:他们为什么那样注意戴礼帽,拿雨伞,而不设法去消灭或减少伦敦的黑雾。那些有幽默感的英国人笑着接受了我的暗示,于是国会决议:每天起飞五千架重轰炸机往下洒极细的砂子,把黑雾过滤成白雾,而伦敦市民就一律因此增寿十年。

我的笔将是温和的,微微含笑的,不发气的,写出聪明的合理的话。我不必粗脖子红脸的叫喊什么,那样是会使文字粗糙,失去美丽的。我不必顾虑我的话会引起棍棒与砖头,除非我是说了谎或乱骂了人。那时候社会上求真的习尚,使写家必须像先知似的说出警告,那时候人们的审美力的提高,使作家必须唱出他的话语,像春莺似的美妙。

昨天我听见一个四十多岁的汉子, 对一个十九岁的学生说:

"你要真理?我的话便是真理!听从我的话便是听从真理!我这个真理会教你有衣有食,有津贴好拿! 在我的真理以外,你要想另找一个,你便会找到监狱,毒刑,死亡! 想想看,你才十九岁,青春多么可爱呀! "

这几句话使我颤抖了好大半天。我不晓得那个十九岁的孩子后来怎样回答,我一声没出。我可是愿意说出我的愿望,尽管那个愿望是永不会实现的梦想!

谈幽默

　　"幽默"这个字在字典上有十来个不同的定义。还是把字典放下，让咱们随便谈吧。据我看，它首要的是一种心态。我们知道，有许多人是神经过敏的，每每以过度的感情看事，而不肯容人。这样人假若是文艺作家，他的作品中必含着强烈的刺激性，或牢骚，或伤感；他老看别人不顺眼，而愿使大家都随着他自己走，或是对自己的遭遇不满，而伤感的自怜。反之，幽默的人便不这样，他既不呼号叫骂，看别人都不是东西，也不顾影自怜，看自己如一活宝贝。他是由事事中看出可笑之点，而技巧的写出来。他自己看出人间的缺欠，也愿使别人看到。不但仅是看到，他还承认人类的缺欠；于是人人有可笑之处，他自己也非例外，再往大处一想，人寿百年，而企图无限，根本矛盾可笑。于是笑里带着同情，而幽默乃通于深奥。所以Thackeray(萨克莱)①说："幽默的写家是要唤醒与指导你的爱心，怜悯，善意——你的恨恶不实在，假装，作伪——你的同情与弱者，穷者，被压迫者，不快乐者。"

　　Walpole(沃波尔)②说："幽默者'看'事，悲剧家'觉'之。"这

-----

① 萨克莱，即萨克雷(1811—1863)，英国作家。
② 沃波尔(1717—1797)，英国作家。

句话更能补证上面的一段。我们细心"看"事物,总可以发现些缺欠可笑之处;及至钉着坑儿去咂摸,便要悲观了。

我们应再进一步的问,除了上面这点说明,能不能再清楚一些的认识幽默呢?好吧,我们先拿出几个与它相近,而且往往与它相关的几个字,与它比一比,或者可以稍微使我们清楚一点。反语(irony),讽刺(satire),机智(wit),滑稽剧(farce),奇趣(whimsicality),这几个字都和幽默有相当的关系。我们先说那个最难讲的——奇趣。这个字在应用上是很松泛的,无论什么样子的打趣与奇想都可以用这个字来表示,《西游记》的奇事,《镜花缘》中的冒险,《庄子》的寓言,都可以叫作奇趣。可是,在分析文艺品类的时候,往往以奇趣与幽默放在一处,如《现代小说的研究》的著者 Marble(马布尔)便把 whimsicality and humour(奇趣和幽默)作为一类。这大概是因为奇趣的范围很广,为方便起见,就把幽默也加了进去。一般地说,幻想的作品——即使是别有目的——不能不利用幽默,以便使文字生动有趣;所以这二者——奇趣与幽默——就往往成了一家人。这个,简直不但不能帮忙我们看明何为幽默,反倒使我更糊涂了。不过,有一点可是很清楚:就是文字要生动有趣,必须利用幽默。在这里,我们没弄清幽默是什么,可是明白幽默很重要的一个效用。假若干燥,晦涩,无趣,是文艺的致命伤;幽默便有了很大的重要;这就是它之所以成为文艺的因素之一的缘故吧。

至于反语,便和幽默有些不同了;虽然它俩还是可以联合在一处的东西。反语是暗示出一种冲突。这就是说,一句中有两个相反的意思,所要说的真意却不在话内,而是暗示出来的。《史记》上载着这么回事:秦始皇要修个大园子,优旃对他说:"好哇,多多搜集飞禽走兽,等敌人从东方来的时候,就叫麋鹿去挡一阵,满好!"这个话,在表面上,是顺着始皇的意思说的。可是咱们和始皇都能听出其中的真意;不管咱们怎样吧,反正始皇就没再提造园的事。优旃的话便是反语。它比幽默要轻妙冷静一些。它也能引起我们的笑,可是得明白了它的真意以后才能笑。它在文艺中,特别是小品文中,是风格轻妙,引人微笑的助成者。据会古希腊语的说:这个字原意便是"说",以别于"意"。因此,这个字还有个较实在的用处——在文艺中描写人生的矛盾与冲突,直以此字的含意用之人生上,而不只在文字上声东击西。在悲剧中,或小说中,聪明的人每每落在自己的陷阱里,聪明反被聪明误;这个,和与此相类的矛盾,普遍被称为 Sophoclean irony(索福克里斯的反语)。不过,这与幽默是没什么关系的。

现在说讽刺。讽刺必须幽默,但它比幽默厉害。它必须用极锐利的口吻说出来,给人一种极强烈的冷嘲;它不使我们痛快的笑,而是使我们淡淡的一笑,笑完因反省而面红过耳。讽刺家故意的使我们不同情于他所描写的人或事。在它的领域里,反语的应用似乎较多于幽默,因为反语也是冷静的。讽刺家的心态好似是看透了这个世界,而去极巧妙的攻击人类的短处,如《海外轩渠录》,如《镜花缘》中的一部分,都是这种心态的表现。幽默者的心是热的,讽刺家的心是冷的;因此,讽刺多是破坏的。马克·吐温 (Mark Twain) 可以被人形容作:"粗装,心宽,有天赋的用字之才,使我们一齐发笑。他以草原的野火与西方的泥土建设起他的真实的罗曼司,指示给我们,在一切重要之点上我们都是一样的。"这是个幽默者。让咱们来看看讽刺家是什么样子吧。好,看看 Swift(斯威夫特)①这个家伙；当他赞美自己的作品时，他这么说："好上帝。我写那本书的时候，我是何等的一个天才呀！"在他廿六岁的时候，他希望他的诗能够："每一行会刺，会炸，像短刃与火。"是的，幽默与讽刺二者常常在一块儿露面，不易分划开；可是，幽默者与讽刺家的心态，大体上是有很清楚的区别的。幽默者有个热心肠儿，讽刺家则时常由婉刺而进为笑骂与嘲弄。在文艺的形式上也可以看出二者的区别来：作品可以整个的叫作讽刺，一出戏或一部小说都可以在书名下注明 a satire。幽默不能这样。"幽默的"至多不过是形容作品的可笑，并不足以说明内容的含意如何。"一个讽刺"— a satire —则分明是有计划的，整本大套的讥讽或嘲骂。一本讽刺的戏剧或小说，必有个道德的目的，以笑来矫正或诛伐。幽默的作品也能有道德的目的，但不必一定如此。讽刺因道德目的而必须毒辣不留情，幽默则宽泛一些，也就宽厚一些，它可以讽刺，也可以不讽刺，一高兴还可以什么也不为而只求和大家笑一场。

机智是什么呢？它是用极聪明的，极锐利的言语，来道出像格言似的东西，使人读了心跳。中国的老子庄子都有这种聪明。讽刺已经很厉害了，可到底要设法从旁面攻击；至于机智则是劈面一刀，登时见血。"圣人不死，大盗不止！"这才够味儿。不论这个道理如何，它的说法的锐敏就够使人跳起来的了。有机智的人大概是看出一条真理，便毫不含忽的写出来；幽默的人是看出可笑的事而技巧的写出来；前者纯用理

---

① 斯威夫特(1667—1745)，英国讽刺作家。

② 切斯特顿(1874—1936)，英国小说家，诗人。

智,后者则赖想象来帮忙。Chesterton(切斯特顿)②说:"在事物中看出一贯的,是有机智的。在事物中看出不一贯的,是个幽默者。"这样,机智的应用,自然在讽刺中比在幽默中多,因为幽默者的心态较为温厚,而讽刺与机智则要显出个人思想的优越。

滑稽戏 — farce — 在中国的老话儿里应叫作"闹戏",如《瞎子逛灯》之类。这种东西没有多少意思,不过是充分的作出可笑的局面,引人发笑。在影戏的短片中,什么把一套碟子都摔在头上,什么把汽车开进墙里去,就是这种东西。这是幽默发了疯;它抓住幽默的一点原理与技巧而充分的去发展,不管别的,只管逗笑,假若机智是感诉理智的,闹戏则仗着身体的摔打乱闹。喜剧批评生命,闹戏是故意招笑。假若幽默也可以分等的话,这是最下级的幽默。因为它要摔打乱闹的行动,所以在舞台上较易表现;在小说与诗中几乎没有什么地位。不过,在近代幽默短篇小说里往往只为逗笑,而忽略了——或根本缺乏——那"笑的哲人"的态度。这种作品使我们笑得肚痛,但是除了对读者的身体也许有点益处——笑为化食糖呀——而外,恐怕任什么也没有了。

有上面这一点粗略的分析,我们现在或者清楚一些了:反语是似是而非,借此说彼;幽默有时候也有弦外之音,但不必老这个样子。讽刺是文艺的一格,诗,戏剧,小说,都可以整篇的被呼为 a satire;幽默在态度上没有讽刺这样厉害,在文体上也不这样严整。机智是将世事人心放在 X 光线下照透,幽默则不带这种超越的态度,而似乎把人都看成兄弟,大家都有短处。闹戏是幽默的一种,但不甚高明。

拿几句话作例子,也许就更能清楚一些:

青桑椹儿大樱桃的

樱桃桑椹为五月
时令果品端午
前後上市货期
很短故有樱桃
桑椹儿货卖当
时之语其有
柄者为樱桃
无柄而表
面有细毛
青者名為山
豆子桑椹
亦有黑白两
種小贩吆唤
為赛過了李子
来樱桃樱桃
給咧或甜桑椹
来大樱桃

乙亥初冬偶長春
徙於蓟門

當下院時字

卖桑葚　大樱桃儿的

樱桃、桑椹儿是五月中的时令果品，大约在端午节前后上市，货期很短，所以有"樱桃桑椹儿，货卖当时"俗语。有柄的是樱桃，没有果柄的，表面有细毛的是山豆子，桑椹也有黑白两种。卖时拿大杨树叶托着，吆唤为"赛过了李子来樱桃，樱桃，多给咧"，或"甜桑椹来，大樱桃"。

今天贴了标语，明天中国就强起来——反语。

君子国的标语："之乎者也"——讽刺。

标语是弱者的广告——机智。

张三把"提倡国货"的标语贴在祖坟上——滑稽；再加上些贴标语时怎样摔跟头等等招笑的行动，就成了闹戏。

张三把"打倒帝国主义走狗"贴成"走狗打倒帝国主义"——幽默；这个张三贴一天的标语也许才挣三毛小洋，贴错了当然要受罚；我们笑这种贴法，可是很可怜张三。

这几个例子摆在纸面上也许能帮助我们分别的认清它们，但在事实上是不易这样分划开的。从性质上说，机智与讽刺不易分开，讽刺也有时候要利用闹戏；至于幽默，就更难独立。从一篇文章上说，一篇幽默的文字也许利用各种方法，很难纯粹。我们简直可以把这些都包括在幽默之内，而把它们看成各种手法与情调。我们这样分析它们与其说是为从形式上分别得清楚，还不如说是为表明幽默——大概的说——有它特具的心态。

所谓幽默的心态就是一视同仁的好笑的心态。有这种心态的人虽不必是个艺术家，他还是能在行为上言语上思想上表现出这个幽默态度。这种态度是人生里很可宝贵的，因为它表现着心怀宽大。一个会笑，而且能笑自己的人，决不会为件小事而急躁怀恨。往小了说，他决不会因为自己的孩子挨了邻儿一拳，而去打邻儿的爸爸。往大了说，他决不会因为战胜政敌而去请清兵。褊狭，自是，是"四海兄弟"这个理想的大障碍；幽默专治此病。嬉皮笑脸并非幽默；和颜悦色，心宽气朗，才是幽默。一个幽默写家对于世事，如入异国观光，事事有趣。他指出世人的愚笨可怜，也指出那可爱的小古怪地点。

世上最伟大的人,最有理想的人,也许正是最愚而可笑的人,吉珂德①先生即一好例。幽默的写家会同情于一个满街追帽子的大胖子,也同情——因为他明白——那攻打风磨的愚人的真诚与伟大。

---

① 吉珂德,即堂·吉诃德,西班牙小说《堂·吉诃德》主人公。

言语与风格

　　小说是用散文写的,所以应当力求自然。诗中的装饰用在散文里不一定有好结果,因为诗中的文字和思想同是创造的,而散文的责任则在运用现成的言语把意思正确的传达出来。诗中的言语也是创造的,有时候把一个字放在那里,并无多少意思,而有些说不出来的美妙。散文不能这样,也不必这样。自然,假若我们高兴的话,我们很可以把小说中的每一段都写成一首散文诗。但是,文字之美不是小说的唯一的责任。专在修辞上讨好,有时倒误了正事。本此理,我们来讨论下面的几点:

　　(一)用字:佛罗贝①说,每个字只有一个恰当的形容词。这在一方面是说选字须极谨慎, 在另一方面似乎是说散文不能像诗中那样创造言语, 所以我们须去找到那最自然最恰当最现成的字。在小说中,我们可以这样说,用字与其俏皮,不如正确;与其正确,不如生动。小说是要绘色绘声的写出来,故必须生动。借用一些诗中的装饰,适足以显出小气呆死,如蒙旦所言:"在衣冠上,如以一些特别的,异常的,式样以自别,是小气的表示。言语也如是,假若出于一种学究的或儿气的志愿而专

---

　　① 佛罗贝,即福楼拜(1821—1880),法国小说家,著有《包法利夫人》等。

去找那新词与奇字。"青年人穿戴起古代衣冠，适见其丑。我们应以佛罗贝的话当作找字的应有的努力，而以蒙旦的话为原则——努力去找现成的活字。在活字中求变化，求生动，文字自会活跃。

（二）比喻：约翰孙①博士说："司微夫特这个家伙永远不随便用个比喻。"这是句赞美的话。散文要清楚利落的叙述，不仗着多少"我好比"叫好。比喻在诗中是很重要的，但在散文中用得过多便失了叙述的力量与自然。看《红楼梦》中描写黛玉："两湾似蹙非蹙笼烟眉，一双似喜非喜含情目。态生两靥之愁。娇袭一身之病。泪光点点。娇喘微微。闲静似娇花照水，行动如弱柳扶风。心较比干多一窍，病如西子胜三分。"这段形容犯了两个毛病：第一是用诗语破坏了描写的能力；念起来确有诗意，但是到底有肯定的描写没有？在诗中，像"泪光点点"，与"闲静似娇花照水"一路的句子是有效力的，因为诗中可以抽出一时间的印象为长时间的形容：有的时候她泪光点点，便可以用之来表现她一生的状态。在小说中，这种办法似欠妥当，因为我们要真实的表现，便非从一个人的各方面与各种情态下表现不可。她没有不泪光点点的时候么？她没有闹气而不闲静的时候？第二，这一段全是修辞，未能由现成的言语中找出恰能形容出黛玉的字来。一个字只有一个形容词，我们应再给补充上：找不到这个形容词便不用也好。假若不适当的形容词应当省去，比喻就更不用说了。没有比一个精到的比喻更能给予深刻的印象的，也没有比一个可有可无的比喻更累赘的。我们不要去费力而不讨好。

————————

① 约翰孙，即约翰逊(1709—1784)，著有《约翰逊词典》等。

比喻由表现的能力上说,可以分为表露的与装饰的。散文中宜用表露的——用个具体的比方,或者说得能更明白一些。庄子最善用这个方法,像庖丁以解牛喻见道便是一例,把抽象的哲理作成具体的比拟,深入浅出的把道理讲明。小说原是以具体的事实表现一些哲理,这自然是应有的手段。凡是可以拿事实或行动表现出的,便不宜整本大套的去讲道说教。至于装饰的比喻,在小说中是可以免去便免去的。散文并不能因为有些诗的装饰便有诗意。能直写,便直写,不必用比喻。比喻是不得已的办法。不错,比喻能把印象扩大增深,用两样东西的力量来揭发一件东西的形态或性质,使读者心中多了一些图像:人的闲静如娇花照水,我们心中便于人之外,又加了池畔娇花的一个可爱的景色。但是,真正有描写能力的不完全靠着这个,他能找到很好的比喻,也能直接的捉到事物的精髓,一语道破,不假装饰。比如说形容一个癞蛤蟆,而说它"谦卑的工作着",便道尽了它的生活姿态,很足以使我们落下泪来:一个益虫,只因面貌丑陋,总被人看不起。这个,用不着什么比喻,更用不着装饰。我们本可以用勤苦的丑妇来形容它,但是用不着;这种直写法比什么也来得大方,有力量。至于说它丑若无盐,毫无曲线美,就更用不着了。

(三)句:短句足以表现迅速的动作,长句则善表现缠绵的情调。那最短的以一二字作成的句子足以助成戏剧的效果。自然,独立的一语有时不足以传达一完整的意念,但此一语的构成与所欲给予的效果是完全的,造句时应注意此点;设若句子的构造不能独立,即是失败。以律动言,没有单句的音节不响而能使全段的律动美好的。每句应有它独立的价值,为造句的第一步。及至写成一段,当看那全段的律动如何,而增减各句的长短。说一件动作多而急速的事,句子必须多半短悍,一句完成一个动作,而后才能见出继续不断而又变化多端的情形。试看《水浒传》里的"血溅鸳鸯楼":

"武松道:'一不作,二不休!杀了一百个也只一死!'提了刀,下楼来。夫人问道:'楼上怎地大惊小怪?'武松抢到房前。夫人见条大汉入来,兀自问道:'是谁?'武松的刀早飞起,劈面门剁着,倒在房前声唤。武松按住,将去割头时,刀切不入。武松心疑,就月光下看那刀时,已自都砍缺了。武松道:'可知割不下头来!'便抽身去厨房下拿取朴刀。丢了缺刀。翻身再入楼下来……"

这一段有多少动作?动作与动作之间相隔多少时间?设若都用长句,怎能表现得这样急速火炽呢!短句的效用如是,长句的效用自会想得出的。造句和选字一样,不是依着它们的本身的好坏定去取,而是应当就着所要表现的动作去决定。在一般的叙述中,长短相间总是有意思的,因它们足以使音节有变化,且使读者有缓一缓气的地方。短句太多,设无相当的事实与动作,便嫌紧促;长句太多,无论是说什么,总使人的注意力太吃苦,而且声调也缺乏抑扬之致。

在我们的言语中,既没有关系代名词,自然很难造出平匀美好的复句来。我们须记住这个,否则一味的把有关系代名词的短句全变成很长很长的形容词,一句中不知有多少个"的",使人没法读下去了。在作翻译的时候,或者不得不如此;创作既是要尽量的发挥本国语言之美,便不应借用外国句法而把文字弄得不自然了。"自然"是最要紧的。写出来而不能读的便是不自然。打算要自然,第一要维持言语本来的美点,不作无谓的革新;第二不要多说废话及用套话,这是不作无聊的装饰。

写完几句，高声的读一遍，是最有益处的事。

(四)节段：一节是一句的扩大。在散文中，有时非一气读下七八句去不能得个清楚的观念。分节的功用，那么，就是在叙述程序中指明思路的变化。思想设若能有形体，节段便是那个形体。分段清楚、合适，对于思想的明晰是大有帮助的。

在小说里，分节是比较容易的，因为既是叙述事实与行动，事实与行动本身便有起落首尾。难处是在一节的律动能否帮助这一段事实与行动，恰当的，生动的，使文字与所叙述的相得益彰，如有声电影中的配乐。严重的一段事实，而用了轻飘的一段文字，便是失败。一段文字的律动音节是能代事实道出感情的，如音乐然。

(五)对话：对话是小说中最自然的部分。在描写风景人物时，我们还可以有时候用些生字或造些复杂的句子；对话用不着这些。对话必须用日常生活中的言语；这是个怎样说的问题，要把顶平凡的话调动得生动有力。我们应当与小说中的人物十分熟识，要说什么必与时机相合，怎样说必与人格相合。顶聪明的句子用在不适当的时节，或出于不相合的人物口中，便是作者自己说话。顶普通的句子用在合适的地方，便足以显露出人格来。什么人说什么话，什么时候说什么话，是最应注意的。老看着你的人物，记住他们的性格，好使他们有他们自己的话。学生说学生的话，先生说先生的话，什么样的学生与先生又说什么样的话。看着他的环境与动作，他在哪里和干些什么，好使他在某时某地说什么。对话是小说中许多图像的联接物，不是演说。对话不只是小说中应有这么一项而已，而是要在谈话里发出文学的效果；不仅要过得去，还要真实，对典型真实，对个人真实。

一般的说，对话须简短。一个人滔滔不绝的说，总缺乏戏剧的力量。即使非长篇大论的独唱不可，亦须以说话的神气，手势，及听者的神色等来调剂，使不至冗长沉闷。一个人说话，即使是很长，另一人时时插话或发问，也足以使人感到真像听着二人谈话，不至于像听留声机片。答话不必一定直答所问，或旁引，或反诘，都能使谈话略有变化。心中有事的人往往所答非所问，急于道出自己的忧虑，或不及说完一语而为感情所阻断。总之，对话须力求像日常谈话，于谈话中露出感情，不可一问一答，平板如文明戏的对口。

善于运用对话的，能将不必要的事在谈话中附带说出，不必另行叙述。这样往往比另作详细陈述更有力量，而且经济。形容一段事，能一半叙述，一半用对话说出，就显着有变化。譬若甲托乙去办一件事，乙办了之后，来对甲报告，反比另写乙办事的经过较为有力。事情由口中说出，能给事实一些强烈的感情与色彩。能利用这个，则可以免去许多无意味的描写，而且老教谈话有事实上的根据——要不说空话，必须使事实成为对话资料的一部分。

风格：风格是什么？暂且不提。小说当具怎样的风格？也很难规定。我们只提出几点，作为一般的参考：

（一）无论说什么，必须真诚，不许为炫弄学问而说。典故与学识往往是文字的累赘。

（二）晦涩是致命伤，小说的文字须于清浅中取得描写的

① 梅雷迪思，即梅瑞狄斯（1828—1909），英国作家，著有《利己主义者》等。

力量。Meredith(梅雷迪思)①每每写出使人难解的句子,虽然他的天才在别的方面足以补救这个毛病,但究竟不是最好的办法。

(三)风格不是由字句的堆砌而来的,它是心灵的音乐。叔本华说:"形容词是名词的仇敌。"是的,好的文字是由心中炼制出来的;多用些泛泛的形容字或生僻字去敷衍,不会有美好的风格。

(四)风格的有无是绝对的,所以不应去摹仿别人。风格与其说是文字的特异,还不如说是思想的力量。思想清楚,才能有清楚的文字。逐字逐句的去摹写,只学了文字,而没有思想作基础,当然不会讨好。先求清楚,想得周密,写得明白;能清楚而天才不足以创出特异的风格,仍不失为清楚;不能清楚,便一切无望。

怎样读小说

写一本小说不容易，读一本小说也不容易。平常人读小说，往往以为既是"小"说，必无关宏旨，所以就随便一看，看完了顺手一扔，有无心得，全不过问。这个态度，据我看来，是不大对的。光是浪费了光阴么？我们要这样去读小说，何不去玩玩球，练练武术，倒还有益于身体呀？再说，小说之所以能够存在，并不是完全因为它"小"而易读，可供消遣。反之，它之所以能够存在，正因为它有它特具的作用，不是别的书籍所能替代的。化学不能代替心理学，物理学不能代替历史；同样的，别的任何书籍也都不能代替小说。小说是讲人生经验的。我们读了小说，才会明白人间，才会知道处身涉世的道理。这一点好处不是别的书籍所能供给我们的。哲学能教咱们"明白"，但是它不如小说说得那么有趣，那么亲切，那么动人，因为哲学太板着面孔说话，而小说则生龙活虎的去描写，使人感到兴趣，因而也就不知不觉地发生了潜移默化的作用。历史也写人间，似乎与小说相同。可是，一般的说，历史往往缺乏着文艺性，使人念了头疼；即使含有文艺性，也不能像小说那样圆满生动，活龙活现。历史可以近乎小说，但代替不了小说。世间恐怕只有小说能源源本本、头头是道的描画人世生活，并且能暗示出人生意义。就是戏剧也没有这么大的本事，因为戏剧须摆在舞台上去，而舞台的限制就往往教剧本不能像小说那样自由描画。于此，我们知道了，小说是在书籍里另成一格，也就与别种书籍同样的有它独立的、无可代替的价值与使命。它不是仅供我们念着"玩"的。

读小说，第一能教我们得到益处的，便是小说的文字。世界上虽然也有文字不甚好的伟大小说，但是一般的来说，好的小说大多数是有好文字的。所以，我们读小说时，不应只注意它的内容，也须学习它的文字：看它怎么以最少的文字，形容出复杂的心态物态来；看它怎样用最恰当的文字，把人情物状一下子形容出来，活生生的立在我们的眼前。况且一部小说，又是有人有景有对话，千状万态，包罗万象，更是使我们心宽眼亮，多见多闻；假若我们细心去读的话，它简直就是一部最好的最丰富的模范文。反之，假若我们读到一部文字不甚好的小说，即使它有些内容，我们也就知道这部小说是不甚完美的，因为它有个文字拙劣的缺点。在我们读过一段描写人，或描写事物的文字以后，试把小说放在一边，而自己拟作一段，我们便得到很不小的好处，因为拿我们自己的拟作与原文一比，就看出来人家的是何等简洁有力，或委宛多姿。而且还可以看出来，人家之所以能体贴入微者，必是由真正的经验而来，并不是先写好了"人生于世"而后敷衍成章的。假若我们也要写好文章，我们便也应该去细心观察人生与事物，观察之后，加以揣摩，而后我们才能把其中的精彩部分捉到，下笔如有神矣。闭着眼睛想是写不出来东西的。

文字以外，我们该注意的是小说的内容。要断定一本小说内容的好坏，颇不容易，因为世间的任何一件事都可以作为小说的材料，实在不容易分别好坏。不过，大概的说，我们可以这样来决定：关心社会的便好，不关心社会的便坏。这似乎是说，要看作者的态度如何了。同一件事，在甲作家手里便当作一个社会问题而提出之，在乙作家手里或者就当作一件好玩的事来说。前者的态度严肃，关切人生；后者的态度随便，不关切人生。那么，前者就给我们一些知识，一点教训，所以好；后者只是供我们消遣，白费了我们的光阴，所以不好。青年们读小说，往往喜爱剑侠小说。行侠仗义，好打不平，本是一个黑暗社会中应有的好事。倘若作者专向着"侠"字这一方面去讲，他多少必能激动我们的正义感，使我们也要有除暴安良的抱负。反之，倘若作者专注意到"剑"字上去，说什么口吐白光，斗了三天三夜的法而不分胜负，便离题太远，而使我们渐渐走入魔道了。青年们没有多少判断能力，而且又血气方刚，喜欢热闹，故每每以惊奇与否断定小说的好歹，而不知惊奇的事未必有什么道理，我们费了许多光阴去阅读，并不见得有丝毫的好处。同样的，小说的穿插若专为故作惊奇，并不见得就是好作品，因为卖关子，耍笔调，都是低卑的技巧；而好的小说，虽然没有这些花样，也自能引人入胜。一部好的小说，必是真有的说，真值的说；它决不求助于小小的技巧来支持门面。作者要怎样说，自然有个打算，但是这个打算是想把故事拉得长长的，好多赚几个钱。所以，我们读一本小说，绝不该以内容与穿插的惊奇与否而定去取，而是要以作者怎样处理内容的态度，和怎样设计去表现，去定好坏。假若我们能这样去读小说，则小说一定不是只供消遣的东西，而是对我们的文学修养，与处世的道理，都大有裨益的。